La ciudad que el diablo se llevó

LA CIUDAD QUE EL DIABLO SE LLEVÓ
D. R. © David Toscana, 2012

ALFAGUARA^{MR}

De esta edición:
D. R. © Santillana Ediciones Generales, S.A. de C.V., 2012
Av. Río Mixcoac 274, Col. Acacias
México, 03240, D.F. Teléfono 5420 7530
www.alfaguara.com.mx

Primera edición: julio de 2012

ISBN: 978-607-11-2059-5

D. R. © Cubierta: Leonel Sagahón

Este libro se realizó con el apoyo del Sistema Nacional de Creadores de Arte del Fondo Nacional para la Cultura y las Artes.

Impreso en México

PRISA EDICIONES

La ciudad que el diablo se llevó

David Toscana

Upić się warto
Sarah też warto

Sí, queridos amigos, cuando Stanisław August Poniatowski, el último de nuestros bien o mal amados reyes, dio su anuencia para que se construyese el cementerio Powązki, tenía presente una verdad muy sencilla: los varsovianos solemos morir. Claro que la guerra aceleró las cosas, pero nuestra ciudad tenía en tiempos de paz alrededor de cincuenta difuntos diarios; eso nos da cerca de cien mil durante el periodo en que nos ocuparon los nazis, así que habrá que descontarlos de las estadísticas finales. Era un desatino que luego de un bombardeo me llevaran cadáveres de tuberculosos o de alguien que rodó por las escaleras o de un viejo que no pudo más con su vejez o de una mujer que se quedó en el parto; eran muertos de segundo orden, pues no llevaban la aureola de víctimas, sino de meros impertinentes. Y sin embargo, para todos hay espacio. Tenemos cementerios para cada credo y clase social y rango militar; con lápidas individuales y colectivas. Los tenemos también para epidemias, y si gozáramos de terremotos o inundaciones, ya nos habríamos inventado camposantos para esos cataclismos. Hay también criptas en iglesias e incontables fosas comunes y clandestinas. Eso sin tomar en cuenta que ahora buena parte de la ciudad es un cementerio. Las plazas están repletas de tumbas temporales que se están volviendo permanentes; y basta levantar un poco de escombro para hallarse a una familia entera en la cocina, un niño en el ropero, una madre en huesos, un abogado bajo su escritorio, una beata sin rodillas. Se remueve una losa y ahí está la abuela todavía con sus agujas de tejer.

Ludwik no mencionaba nombres de muertos o deudos ni fechas. Evitaba los detalles específicos de su oficio, y sus amigos suponían que no se trataba de una discreción natural sino del modo de inducir a que le diesen más alcohol, pues después de una ración de vodka le vendría la voluntad de parlotear precisamente cuando su lengua, torpe y flácida, se resistiera a hacerlo.

Entonces decía cosas como: ¿Recuerdan a la señora Kukulska? Créanme, amigos, era más bella de lo que se contaba. Luego bajaba la voz para agregar: Tengo para mí que su marido nunca la tocó.

Discutían si un cadáver podía ser bello, si de veras Ludwik tenía el modo de sondearle la castidad, si los muertos eructaban o abrían los ojos en la Noche de San Juan.

Tildaban de falsas muchas de sus anécdotas, pero qué más daba la verdad si se podía imaginar a la señora Kukulska inmóvil y desnuda.

El padre Eugeniusz disfrutaba la compañía de hombres que podían emborracharse, hablar de mujeres y de la vida sin mencionar a dios. Le gustaba que le llamaran por su nombre, y que, a diferencia de las mojigatas de iglesia, le tuvieran poca tolerancia si decía alguna estupidez.

Salud, hermanos.

Sorbían el pico de las botellas y soltaban preguntas que Ludwik había respondido en numerosas ocasiones.

¿Es verdad que hay muertos que están vivos?

Eso es bien sabido. Bailan, cantan, hacen el amor.

¿Y se matan unos a otros?

Eso nunca.

¿Es verdad que en invierno guardan los despojos en un cobertizo hasta que llegue la primavera?, preguntó Feliks.

Ludwik movió la cabeza en vaivén. La naturaleza es sabia; en invierno ni la tierra se escarba ni los muertos apestan.

Eso lo entiendo si hay que enterrar a uno o dos. ¿Pero qué haces con miles de varsovianos esperando la primavera?

La botella de Ludwik estaba vacía. Kazimierz hubo de darle otra.

¿Es cierto que envuelven a los muertos en una manta y venden de nuevo los ataúdes?

No llegaba la respuesta porque alguien preguntaba a cuántos metros de profundidad debía estar una fosa común.

¿Qué es el polvo blanco que le echan a los cadáveres?

¿Existen los fuegos fatuos?

¿Puedo verla?, le susurró Kazimierz a Ludwik.

¿A quién?

A la señora Kukulska.

Ludwik lo observó un rato para saber si hablaba en serio. Amigo mío, un pollo muerto despierta más el apetito que uno vivo. Con las mujeres no pasa lo mismo.

Pregunté si podía verla.

Date una vuelta el día que gustes. Vayan todos, porque hay que levantar una losa muy pesada.

Feliks se acercó a una ventana sin cristal y puso la mano sobre el sombrero para que no se lo llevara el viento. Luego de apoyarse en una viga fracturada, escupió hacia la plaza Napoleón. No escuchó el aterrizaje.

Se hallaban en el quinto piso de la torre Prudential. El plan original había sido llegar hasta la azotea y mirar desde allá el mar de piedra en que estaba convertida la ciudad.

No llegaron tan alto. Eran tres hombres arriba de sesenta años y uno con pocos recursos físicos. Hallaron fragmentos de escalera y varillas retorcidas que les sirvieron para ir trepando. Cuando buscaban la ruta al sexto piso, Ludwik se sentó en un rellano.

Subir sobrios es complicado; bajar borrachos será la muerte.

Cada quien colocó en el centro su aportación para la velada. Sumaron cinco botellas y un par de embutidos. De inmediato se pusieron a beber.

La noche refrescó y el esqueleto de edificio fue poca cosa para atajar los vientos. Feliks se lamentó por no haber llegado hasta la azotea. Desde allá habría jugado a reconocer calles y sitios. Un juego difícil. Ahora mismo tenía enfrente la plaza Napoleón, pero había que descubrirla bajo las toneladas de ladrillo, concreto y cascajo.

Padre, dijo Ludwik, bendícenos el vodka para emborracharnos a gusto.

Ante su negativa, el propio Ludwik se arrodilló y alzó un par de botellas por sobre su cabeza.

Deus nostro fiat aquam vitae benedictus et nos beberis.

Ten cuidado, le advirtió Eugeniusz. Es obvio que no sabes latín, pero jugando con las palabras podrías dar con una secuencia que fulmine tu alma para siempre.

Ludwik se tambaleó junto a una abertura en el suelo que lo enviaría a una caída de quince metros. ¿De verdad existen esas palabras?

Sí, respondió Eugeniusz; aunque no las he descubierto.

Escríbelas en un papel cuando las tengas. Te prometo que no lo leo. Lo llevaré en mi cartera como una cápsula de cianuro.

No podría. Apenas las termine de escribir seré exterminado.

¿Y de qué te sirven tantos años de sacerdocio? ¿No puedes pedir perdón?

Ya basta. Dio un trago. Hoy quiero ser un laico disoluto.

¿Entonces por qué traes tu mochila con la extremaunción?

Para que me dejen salir del convento, Eugeniusz se desabotonó la sotana.

Y por si te caes en ese hueco, se sumó Kazimierz. Desde acá arriba te echamos el agua santa.

No hemos brindado por la vida, dijo Feliks.

Los cuatro se acercaron y chocaron las botellas.

Por la gracia de estar en este mundo, propuso Ludwik, y los otros corearon el brindis.

Luego de varios tragos, ya no importaba si Eugeniusz era cura o capellán, franciscano o jesuita o fariseo, pues en ese quinto piso del derruido edificio Prudential los cuatro ebrios eran por igual hijos amados en los que algún dios lejano tenía sus complacencias.

La primera ocasión en que se reunieron no fue planeada; ni siquiera se conocían.

En aquellos días de la ocupación, la parte delantera de los tranvías estaba reservada para los alemanes. En la posterior iban cuantos polacos pudieran hacinarse, además de los que rompían el reglamento colgándose de barras y ventanillas.

Ya no circulaban los tranvías para judíos.

Un oficial alemán, junto con una docena de policías, detuvo dos vagones que avanzaban en sentidos opuestos. Bajaron a todos a punta de rifle y condujeron a los hombres hacia el muro de un edificio, donde se encontraba otro grupo de infortunados.

Feliks y Kazimierz llevaban rumbo norte en la línea cuatro; Eugeniusz y Ludwik iban al sur.

Luego de revisar documentos dejaron libres a unos pocos. Al resto lo echaron contra la pared. Lo normal era trasladarlos a la prisión de Pawiak y posteriormente ejecutarlos. Ahora la cosa se haría en caliente. Cualquier hombre que no estuviese en la recua de los condenados ya se había echado a correr. Tan sólo se congregaban mujeres y niños para pedir clemencia.

Cincuenta de ustedes, gritó el oficial, por cada uno de los nuestros.

Los nazis esperaban que los varsovianos entendieran alemán; sin embargo, algunos soltaban órdenes y amenazas en polaco. La regla era conocida, aunque había tenido variantes desde veinte hasta cien por uno. Una anciana se puso a entonar el himno nacional con la intención de que la multitud la acompañara. Con su voz de solista, lo único que consiguió fue que las futuras viudas se le echaran encima.

Estamos negociando con el enemigo y usted viene a provocarlo.

La mayoría de los que iban a morir rezaba por un milagro que no iba a llegar; otros buscaban el modo de despedirse de sus mujeres o sus hijos.

La oportunidad se presentó y Feliks tomó al oficial de la manga. *Herr Kommandant, wir sind vierundfünfzig.*

El alemán lo empujó fuera del grupo y se acercó para señalar a Kazimierz, a Ludwik y al padre Eugeniusz. No hubo órdenes, pero los tres entendieron que debían ir tras Feliks. Él les hizo una seña para que fueran hacia los tranvías. Ambos vehículos habían quedado vacíos y en ellos permanecían tan sólo los conductores, que tramposamente no se sintieron llamados al desembarque. Subieron al tranvía que iba rumbo al sur y fue Ludwik el que habló con el conductor.

Si no arrancas te arranco la cabeza.

El hombre en los controles era joven y robusto; no tenía por qué hacer caso a un viejo; no obstante, hizo avanzar el vehículo a toda prisa, siguiéndose de largo en las paradas. Quienes más adelante esperaban su tranvía, ajenos a lo que estaba ocurriendo, le lanzaban insultos y algunas mujeres hacían aspavientos con sus paraguas cerrados.

Ninguno de los cuatro habló en el trayecto; ninguno pidió bajarse. Entre más se alejara el vehículo, más seguros se sentirían. Plaza Zbawiciela, Unii Lubelskiej, Rakowiecka...

Lejos, más lejos.

El conductor saludaba a los tranvías en dirección contraria y hacía sonar la campanilla. Parecía feliz con su travesura de no detenerse.

Feliks sacaba la cabeza por una ventana. Ah, el viento.

Ludwik miraba atrás. No dejaba de pensar en una motocicleta con un soldado que venía por la presa que se escapó.

El padre Eugeniusz había visto a un tipo rojizo y lloroso que se despedía de unos niños. Debió intercambiar su vida. Es lo que hacen los curas que pasan a los libros de devoción; aquellos a quienes beatifican o les montan una placa.

En él habían advertido su cara de espanto, la forma de apretar la mochila con óleos y de alejarse como quien escapa de una inmensa ola. Y una vez abandonado su deber esencial, también omitió el segundo, pues ni siquiera se acordó de sacar sus mejunjes de la mochila, de recetar algunas oraciones, expedir pasaportes al cielo. Dejó que algunas almas se fueran junto con la sangre por la cloaca.

El tranvía se estacionó en la terminal. Servidos, caballeros, dijo el conductor, el expreso de Varsovia llegó a su última parada. Pasaron unos segundos antes de que Kazimierz los invitara a descender.

Ninguno había arribado a su destino, mucho menos los que originalmente iban con rumbo norte. Se echaron a caminar junto a las vías y, al pasar por un café, Ludwik sugirió: ¿Por qué no nos sentamos un rato?

Eran los únicos clientes. Se estuvieron en una mesa oscura sin hablar, conscientes de que algo trascendente había ocurrido ese día y más valía desentrañarle el sentido. Uno no se salva así porque sí.

Hubo sucedáneo de café para todos.

¿Oyeron los tiros?, preguntó Ludwik.

Sonrisas nerviosas.

¿Y tú, niño, qué edad tienes? Kazimierz le pellizcó una mejilla a Feliks.

El triple de la que aparento, respondió.

¿Qué le dijiste al nazi?

Feliks alzó los hombros.

¿Tienes algo que ver con ellos?

Le dije que éramos cincuentaicuatro.

Se rompió la solemnidad. Brotaron sonrisas y risas. A Feliks le palmearon tanto la espalda que hubo de pedir clemencia.

Kazimierz agradeció ese rostro de niño, esas mejillas a punto de reventar, pues así lo pudo besar sin reparos.

Luego volvió un estado de ánimo sombrío. Las reflexiones.

¿Alguien se atreve a tomar otro tranvía?

Yo prefiero seguir a pie, así me tarde tres horas en regresar a casa.

La voluntad del señor… Eugeniusz se silenció sin continuar su idea. Tenía ganas de arrancarse los hábitos. Al diablo con la voluntad del señor.

Quizá yo vuelva a ver a los muertos, dijo Ludwik, y ante las miradas interrogantes, aclaró: Trabajo en el cementerio Powązki.

¿Eres sepulturero?

Así me dicen, aunque el nombre del puesto es otro.

¿Y es verdad que…?, comenzó Kazimierz, pero Ludwik le marcó el alto con la mano.

Conozco todas las preguntas. La gente siempre quiere saber.

Lo mío era distinto. Kazimierz se sentía avergonzado.

¿Qué ibas a preguntarme? ¿Si a los muertos les crecen las uñas?

Se miraron en silencio. Kazimierz se echó los lentes al bolsillo para evitar un arranque de cólera. Llevaron las tazas vacías a los labios para romper la tensión.

Feliks fue el primero en decir lo que los demás querían expresar y acaso callaban por vergüenza.

Se puso de pie, con los puños en alto. Estamos vivos, gritó. Allá afuera hay un montón de muertos, hay mil o cien mil; la guerra ha acabado con millones, y nosotros cuatro estamos aquí sentados tomando café. Un roñoso café. Necesitamos vodka, litros de alcohol. Vamos a festejar, compañeros. Hoy la muerte nos guiñó el ojo y le dimos una bofetada. ¿Por qué hemos de sentirnos tristes por los difuntos? Allá ellos. Señor cantinero, sírvanos de beber. En esta ciudad hay que celebrar cada día que se está vivo. Aquí no se llora a los muertos; se aclama a los vivos. Queremos vodka, señor cantinero, quiero emborracharme con mis amigos más queridos, porque eso son desde hoy, aunque no sepa sus nombres. Ande, señor cantinero, que corra el vino, la cerveza, brindemos hasta desplomarnos. Mozo, mesero, tráiganos un buen alcohol.

Se acercó el propietario y les ofreció más café.

No hacía falta vodka para sentirse embriagados. Brindaron con las tazas por el privilegio de estar vivos.

Se echaron a cantar una polca y el propietario, para afinarlos, puso ese disco en un aparato.

¿Bailamos? Feliks le extendió la mano al padre Eugeniusz.

La siguiente pieza fue un tango. El disco estaba rayado y la voz de Mieczysław Fogg repetía un mismo estribillo. La música era triste, pero Feliks hacía girar velozmente al padre Eugeniusz para que la sotana flotara como enaguas de doncella.

En la mesa, Kazimierz y Ludwik seguían el ritmo con sus torsos. Silbaban al ver las piernas del cura.

Eugeniusz se sintió feliz de no estar con unos estúpidos fieles, sino con compañeros de parranda.

Hazme girar, niño, más rápido, hasta que se miren mis calzones.

Feliks estaba en éxtasis. Nunca con su mujer había bailado con tanta delicia.

Ya había anochecido cuando alguien pagó la cuenta y caminaron por la avenida Puławska hacia el norte.

¿Qué llevas, padrecito, en esa mochila?

Una botica para la vida eterna.

¿Algo más?, preguntó Kazimierz con malicia.

Una Biblia, dijo él.

Anda, Ludwik le pasó el brazo por el hombro; para nadie es un secreto.

Un poco avergonzado, un poco contento de abandonar las apariencias, el padre Eugeniusz apoyó la mochila en el marco de una ventana y sacó una botella.

La pasaron de mano en mano y de boca en boca.

Las cuatro siluetas se dejaron tragar por la oscuridad.

Feliks se había cuidado de no poner horarios de apertura en la puerta de su tienda. Así podía llegar y marcharse cuando quisiera. También se cuidó de no colgar ningún cartel porque ¿cómo le llamaría a su local? ¿Pillajería? ¿Comercializadora de saqueos? ¿Mercadería de los vencidos?

Esa mañana lo esperaba una mujer frente al escaparate. Él la saludó con una sonrisa, quitó los candados, subió la malla metálica. Tengo medias de seda, dijo, cuchillería de plata, café de verdad. La mujer pronunció algo en lengua extranjera y señaló unos aretes. Sí, respondió Feliks, son zafiros, y se sabe que adornaron las orejas de una Habsburgo.

Minutos después, Feliks estaba metiendo en una caja metálica un manojo de zlotys. Había que gastarlos pronto, pues sólo el diablo sabía cuánto valdrían mañana.

No tenía idea del origen de los aretes, pero las mujeres pagaban mejor cuando se mencionaba a la realeza. Era la historia del mundo: los hombres salían a hacerle la guerra a los reyes mientras ellas seguían soñando con príncipes.

Muchos curiosos se detenían a poner los ojos en el escaparate, aunque pocos se animaban a entrar. Para Feliks la exhibición estaba al otro lado del cristal. Por la avenida Marszałkowska transitaba gente que no la pasaba muy bien. La guerra había dejado mutilados, ciegos, tullidos.

Feliks pensaba que si a él le faltara una parte del cuerpo, su único anhelo sería recuperarla. Ahora tenía frente a su local a un hombre sin pierna que admiraba los relojes. Se preguntó si también pensaba en el amor.

Brincoteó e hizo cabriolas hasta que el cojo se marchó.

Aunque Feliks era hombre con mujer y dos hijos, su baja estatura, escasa cabellera, tersura y eterno gesto de felicidad le daban el aspecto de un formidable bebé. En la calle alguna anciana podía verse impelida a agarrarle un cachete.

Qué bonito niño.

Él mismo sabía reírse de su aspecto y, sin que viniera a cuento, le decía a algún cliente: No crea que soy el hijo del dueño.

Su segundo visitante fue un funcionario del nuevo gobierno que se interesó por un reloj. Sí, señor. Suizo. Quince joyas. Correa de piel exótica. El hombre lo miró con cautela.

Tiene una inscripción.

A. Goldberg. Mayo 6, 1937.

Podía ser Adam, Alfred, Abram, Aron... Vaya uno a saber si de aquí mismo o de Cracovia o Kielce o Lublin.

Feliks hubo de malbaratarlo. Por tratarse de usted, le dijo, y lo despidió con una sonrisa.

Prefería a las mujeres de los funcionarios. Sin importar cuánto elevara los precios, para ellas todo era barato. No para sus maridos. Ellos tenían algo de amenazante. Aún no se esclarecían las nuevas reglas para hacer negocios o pagar impuestos. Cada día se publicaban nuevos bandos: prohibiciones, racionamientos, castigos, amenazas.

A ese paso, el funcionario que ahora le compró el reloj simplemente lo tomaría del mismo modo que se lo quitaron al señor Goldberg.

Feliks no tenía cuentas pendientes con la vida ni sentía rencores contra nadie. Él y Olga habían sobrevivido sin un rasguño junto con sus dos hijos. El mayor había venido al mundo de manera anticipada durante el primer bombardeo aéreo. Por eso Feliks le cambió la versión de la cigüeña por una de aviones. Olga se molestaba. Le estás diciendo al niño que lo trajeron los alemanes. Mas él no dejaba de divertirse con la idea de un hijo llegado del aire a velocidad de Stuka.

Vivían al sur de Varsovia, lejos del centro. La casa había sido un regalo de los padres de ella y pudieron recuperarla al terminar la guerra. El interior había sufrido todo el desorden, la suciedad y los hurtos que puede provocar una partida de cosacos que pasó ahí una temporada. La fachada mostraba muescas de metralla que Feliks no tenía intención de reparar.

Así nadie dirá que no fuimos parte de esta gesta, le explicó a Olga.

Lo peor que padecieron durante los años de guerra fueron humillaciones, sustos y escasez. Comoquiera a Olga le correspondió temer y llorar. Feliks tenía la cabeza quién sabe dónde, y vivió el asunto como un juego emocionante. Aprendió algo de alemán, se familiarizó con los trucos de los mercados negros de alimentos, alcohol, cigarros y objetos de valor. Jugó a la guerra con sus hijos y llegó a treparse en la azotea para mirar los ataques nocturnos.

Un espectáculo terrible. El más hermoso.

Si Olga quería hablarle de algún bando de los alemanes, de la posición de las tropas soviéticas o cualquier otro asunto que le pareciera relevante, él le pedía que mejor le contara un cuento. El de las bellotas mágicas, le decía. El de la princesa y el ganso.

Ella detestaba la actitud despreocupada de su marido, y fue acumulando cada vez más resentimiento contra él.

En lugar de apoyarme en un hombre, le decía, tuve que cuidar a tres niños.

Él opinaba distinto sobre sí mismo. Salvé a tres polacos de ser ejecutados y fui pieza clave en las operaciones militares.

Si bien su cuerpo blandengue y pequeño nunca sirvió para andar corriendo con fusil, Feliks entendía de cables, electrodos y señales. En 1944 se alzaron los varsovianos contra sus ocupantes, y él puso la parte que le correspondía.

Un líder de la insurrección los había visitado cierta tarde.

¿Tienen electricidad?

Olga titubeó. Feliks fue hacia el interruptor y se puso a encender y apagar la luz.

Señora, el comandante no quiso exigir, sino pedir, necesitamos conectar un radio y enviar algunos comunicados.

Hágase la luz, váyase la luz, era la cantinela de Feliks. El interruptor claqueaba.

No lo sé, el rostro de Olga iba del claro al oscuro. Puede ser peligroso.

Hágase la luz, váyase la luz. Soy dios, y luego antidiós. Hágase la luz…

El comandante se impacientó. Dígale a su hijo que deje de jugar.

Ella se sonrojó. Es mi marido.

Conecte cuantos radios quiera, dijo Feliks. Tenemos suficiente energía para electrocutar a medio Reich.

Entraron otros tres hombres, instalaron un artefacto y se pusieron a transmitir en clave Morse. En los siguientes días estuvieron yendo y viniendo. Se enteraron de que Feliks conocía el lenguaje de los puntos y las rayas y le permitieron enviar algunos mensajes a Londres.

Ya no cifraban los comunicados. Informaban sobre retiradas y avances de los que estaban al tanto los nazis. Más importante era que la transmisión tomara pocos minutos para que el enemigo no pudiera ubicarlos. Del otro lado, un compatriota recibía los mensajes y los traducía al inglés.

Diles que el enemigo retrocedió, dictaba el comandante a Feliks.

Corrieron como liebres, escribía él.

Diles que necesitamos pertrechos.

Escopetas y albóndigas, leían en Londres.

Los soldados se ausentaban y Feliks les ofrecía que dejaran el radio. Lo podemos esconder debajo de la cama.

Olga se negaba. Hay pena de muerte para quien posea un aparato de esos.

Querida mía, le decía él, la guerra es cosa de hombres.

Dejaban el transmisor envuelto en una sábana y Feliks no se aguantaba las ganas de encenderlo y enviar algún mensaje por su cuenta. Le gustaba imaginarse en medio del fuego enemigo, con la pieza clave de información. Mas como nada tenía que reportar, enviaba alguna línea de sus cuentos preferidos. En Londres, un equipo de criptógrafos trabajaba jornadas enteras tratando de esclarecer el significado de "La princesa Sigfrida amaneció con hambre" o de "Cuatro osos salieron de su cueva al terminar el invierno". Acabaron por echar los mensajes en la bandeja de los apócrifos, aquellos escritos por agentes alemanes precisamente para hacerles perder el tiempo.

Al final, los sublevados se quedaron sin electricidad.

Sin armas.

Sin radio.

Sin fuerzas.

Muchos de ellos, sin vida.

Al final, aunque todo salió mal, todos se creyeron héroes.

También Feliks.

Una vez terminada la guerra, el Ejército Rojo pasó de nuevo por Varsovia de retorno a su lugar. No parecía una tropa victoriosa sino una caterva de expatriados. Cargaban colchonetas, lámparas fundidas, teléfonos inservibles, bañeras de cobre, camas de latón, cobijas y tapices, también vestidos, sombreros de copa y casi tantas máquinas de coser como relojes. De pulsera, de pedestal, cucús. Llevaban carretones para llevarlo todo.

Daban ganas de echarles un trozo de pan.

Pero había que tener cuidado. Todavía estaban armados y eran capaces de matar por un trago.

Luego llegó la noticia de que su gobierno los usaba como bestias de carga. Tan pronto cruzaban la frontera se les confiscaba cuanto trajeran encima. Se cuenta que las lágrimas más enternecedoras de la guerra fueron las de esos hombres al entregar sus trastos a la implacable aduana.

No eran guerreros con ideales abstractos. Su ansia de pelear y mantenerse vivos era para volver a casa y mostrarles a sus hijos esa pequeña locomotora mecánica que avanzaba de verdad y hacía sonar un silbato, entregarle a su mujer la máquina de coser y un reloj al anciano padre. Entonces tomarían de nuevo el azadón y a trabajar de vuelta su parcela sintiéndose los amos de la tierra entera.

En cambio, regresar a casa sin un cacharro, equivalía a haber perdido todas las batallas.

Las columnas rezagadas fueron trocando su preciosa carga a lo largo del camino por la única moneda con valor universal: vodka. Y así, antes de que en Varsovia hubiese mercancías básicas, se comerciaba ya con artículos de lujo.

Pase a ver nuestros relojes suizos de alta precisión.

No se decía que fueran de segunda mano, sino de mano amputada.

Compre, caballero, mancuernillas de civil asesinado. Compre, señora, vestidos de noche de mujer ultrajada noche y día.

Si nota rasgaduras en las medias de seda es porque las arrancaron entre pataleos.

Máquinas de coser de abuela despojada.

Y con tanto anillo en la vitrina, uno podía imaginar igual cantidad de dedos arrojados al lodo como bachas de cigarro.

Collares que vale más no decir cómo se obtuvieron.

Juguetes mecánicos, porque los niños están castigados.

Plumas finas que escribieron testamentos.

Cuchillería, vajillas a medio quebrar; al fin que ya tuvieron su última cena.

Gramófonos, damas y caballeros, porque es hora de bailar.

Cuando había noticias sobre soldados que atravesaban la ciudad, Feliks se dirigía al derruido puente Poniatowski con garrafas de vodka y algunos billetes.

Compraba cualquier cosa, excepto sombreros de copa.

¿Asaltaron a la sociedad de magos?, le preguntó a un soldado rojo.

Luego trascendió que había sido una broma de los austriacos.

Sacaron ropa antigua de los desvanes e hicieron creer a los soviéticos que era el último grito de la moda.

A Feliks no le eran indiferentes los juegos, y acabó por comprar tres sombreros.

Puso dos en venta, y se acostumbró a usar el tercero, de terciopelo, con una banda gris que remataba en moño. Hasta le llegaron a decir que lucía elegante, todo un señor. Pero ni siquiera entre los diplomáticos hubo quien comprara el otro par.

Desde el día en que Feliks abrió su tienda en la avenida Marszałkowska se acumularon curiosos en el escaparate. Le llamaban la tienda de rapiña, y al parecer nadie echaba de menos la librería que existió en ese mismo lugar hasta el momento en que la visitó un soldado de la Wehrmacht con lanzallamas.

El mercado negro había florecido desde que cayó la primera bomba sobre Varsovia, pero sus operaciones se realizaban en cafés y traspatios. Ahora la mercancía se mostraba en un aparador.

Feliks se llenó los bolsillos con zlotys y divisas extranjeras sin querer pensar en que su negocio habría de cerrar muy pronto, salvo que llegara el beneficio de otra guerra.

Al llegar a casa, Feliks alzó los brazos. Soy un héroe de Varsovia, proclamó ante sus hijos.

Y mirando en el espejo su reflejo de rostro infantil le vino una sensación de inmortalidad.

Era uno de los pocos barrios a la izquierda del Vístula con energía eléctrica. Así es que echó a andar el gramófono y bailó sin pareja delante de la familia.

Ah, hijos míos, les dijo mientras se secaba el sudor. Vivimos días maravillosos.

Ellos sonrieron, no porque entendieran sus palabras, sino porque les divertía ese hombre de aspecto acogedor con sombrero de copa y meneos que pretendían ser un baile. Cada uno se abrazó a una pierna. Olga los miraba con tibieza, sin darse permiso de también ser una niña.

Sobre la avenida Krucza, Kazimierz entró en un edificio con la fachada apenas baleada. Le extrañó ser el único visitante en el vestíbulo; hubiese esperado hordas de solicitantes. Poco antes había hallado un cartel en un muro. Tomó los lentes por el armazón y los adelantó más allá de la nariz para ver bien. "Se solicita conserje para liceo."

Vengo por el anuncio, susurró a una joven en la recepción.

Sin elevar la mirada, ella señaló una banca que había pertenecido a una plaza pública.

Kazimierz se sentó. Guardó los lentes en el bolsillo. Entrecerró los ojos y se aseguró de no menear las piernas para que nadie notara su impaciencia.

Luego de media hora entró un hombre. Espere ahí, le indicó la joven.

El recién llegado se dejó caer en la banca con un suspiro poco viril. Kazimierz lo miró con rabia. Llevaba corbata y un traje no muy gastado. ¿Quién diablos se presenta así para solicitar el puesto de conserje? Alrededor de treinta años, corpulento, aspecto sano, cabello abundante bajo el sombrero de fieltro. De seguro no fue prisionero de nadie. Tenía ambos brazos, ambas piernas, ambos ojos.

Kazimierz miró con gusto sus propias ropas desaliñadas. Un puesto de conserje se obtenía por lástima. Es empleo para un viejo, dijo. A usted le vendría bien trabajar en la reconstrucción; algo al aire libre.

El hombre lo miró como si justo ahora notase que compartía la banca.

Al gobierno no le interesa reconstruir, lo que quiere es un ejército de obreros.

Baje la voz, Kazimierz se meneó en el asiento. La muchacha trabaja para ellos.

Muy pronto todos vamos a trabajar para ellos.

¿Por qué no se marcha y deja que yo me quede con el empleo?

El hombre fingió que sopesaba la idea.

¿También enseña matemáticas?

Bastó la pregunta para que Kazimierz entendiera la corbata y el sombrero de fieltro.

Con media botella de vodka confesaría sin empacho que deseaba ser conserje. A fin de cuentas, le darían uniforme, llavero y un sitio privado donde guardar sus instrumentos, y eso sumaba más de lo que un maestro podía llegar a poseer.

A falta de alcohol, salió con otra cosa:

Soy maestro de astronomía.

El hombre frunció las cejas, sacó un papel del bolsillo y lo desdobló. Aquí nada dice de astronomía.

Kazimierz torció el cuello para mirar. Alcanzó a ver el encabezado. Con letras gordas decía "maestros", ahí donde su cartel decía "conserje".

Los chicos no pueden salir del liceo hechos unos estúpidos que sólo saben sumar, dijo.

Se acomodó los lentes. Algún aspecto de intelectual le daban. Se preguntó de dónde le vino la idea de la astronomía. Podía identificar dos constelaciones, sabía que Marte, ¿o Venus?, era el planeta más cercano, que la luna tardaba veintiocho días en orbitar la tierra y que en algo influía sobre las mareas. Pero ignoraba la distancia de la tierra al sol, la duración exacta del año y la fecha del próximo eclipse parcial o total, solar o lunar.

Ya entrados en imposturas, pudo decir que era químico.

Historiador.

Gramático.

Conserje.

El mejor de los conserjes.

Sí, señor, podría exhibir mis conocimientos con orgullo. Para lavar los cristales, lo mejor es el papel periódico. La sosa cáustica desinfecta, aunque les resta brillo a los azulejos. Las letrinas… las malditas letrinas. Tal vez yo no sepa sacar una raíz cuadrada, pero no me faltarán cosas que enseñarle al mundo.

Kazimierz se puso de pie. ¿Cree usted que puede intimidarme?

Regresó a su lugar justo cuando se acercaba una mujer. Ella se dirigió al hombre de la corbata. ¿Cuál es su especialidad?

Cálculo diferencial e integral, dijo él.

Kazimierz lo observó con rencor. Matemáticas hubiese sido la respuesta correcta, sobria. ¿No habían matado los alemanes a quienes supieran contar hasta mil? ¿Qué pretendía con esa respuesta? ¿Era judío?

Ahora Kazimierz no podía hablar meramente de astronomía, mucho menos cuando la mujer había sonreído ante las respuestas del matemático. ¿Es que además de joven era atractivo? El hombre habló sobre su don para tratar con muchachos, y ella aseguró que no lo dudaba.

¿Y usted?, preguntó la mujer a Kazimierz, ya sin la sonrisa. ¿Cuál es su especialidad?

Órbitas planetarias, contestó él; y a falta de una reacción, agregó: Antes de Copérnico.

La mujer lo miró un instante sin expresión en el rostro.

Tenemos un empleo de conserje, dijo al fin.

Usted me ofende. Kazimierz se dirigió a la puerta sin despedirse.

Al caer la noche se metió en el piso que compartía con Marianka. Dos habitaciones, cocina, pasillo y baño. No había agua corriente ni electricidad. Las ventanas estaban tapiadas con tablones. Ahí dentro todo el día era de noche y había que encender veladoras. Podían quitar alguno de los tablones, pero se corría el riesgo de que alguien, desde el edificio de enfrente, distinguiera el interior. Sabría que ahí ya no vivían los de antes, y quizás lo denunciarían con las autoridades. Hará falta una cortina, dijo Marianka, que deje pasar la luz y no las imágenes.

A mediados del 44, Kazimierz había encontrado un grupo frente al edificio. Comentaban que los nazis se habían llevado a la familia del tercer piso. Él subió por las escaleras y encontró una puerta abierta. Recorrió el departamento. Cajones saqueados, platos sin lavar. De las paredes de la habitación grande pendían un crucifijo y una fotografía de la familia en algún paseo. Padre, madre y dos niñas tomadas de la mano. Sobre una repisa, Kazimierz dio con un juego de llaves. Lo tomó, salió y cerró la puerta.

Al terminar la guerra regresó con espíritu de colonizador. La fachada del edificio mostraba el hollín de algún incendio. Subió al tercer nivel y tocó la puerta. Ahí no vive nadie, gritó una mujer desde abajo. Kazimierz encajó las llaves y abrió. Mucho polvo, cristales rotos, manchas de lluvia, los marcos de las ventanas que daban a la calle estaban parcialmente quemados, lo mismo que la cama de la habitación pequeña. Olor a humedad. El otro colchón se había enmohecido. Óxido y pestilencia en la cocina. El crucifijo en el suelo. Sólo la fotografía había detenido el tiempo.

¿Ahora sí conseguiste empleo?, Marianka se desnudó. En la negrura era tan invisible como si estuviese detrás de una pared.

Necesito aire fresco, respondió Kazimierz.

Se envolvió en un saco y salió a la calle. Se puso a fumar. Bendijo la ayuda de las naciones por apuntar el tabaco junto con la leche en polvo entre los productos de primera necesidad, y a la vez la reprobó por no incluir el alcohol. Miró algunas veladoras que cintilaban en los edificios contiguos. Aguzó el oído. Sólo captó murmullos. Había quedado la costumbre de hablar en voz baja.

Marianka salió con un vestido mal puesto, casi una bata. Le robó a Kazimierz un cigarrillo y esperó a que se lo encendiera.

Siempre quise vivir en este barrio. Aspiró y echó el humo como principiante. ¿Crees que podamos…?

Ojalá, dijo él. Mucha gente no volverá.

Piotr sí, protestó ella.

¿Cuándo te cansarás de esperarlo?

Marianka no supo adónde dirigir la mirada.

Él le pasó el brazo sobre el hombro; ella se dejó abrazar.

Mira lo que nos devolvió la guerra, dijo Kazimierz: el cielo de Varsovia.

La escasez de electricidad le daba al firmamento esa imponencia que ya no se conocía en las ciudades. Él alzó la mano y movió el cigarrillo para convertirlo en un cometa.

Allá está la Osa Mayor. Ella señala el camino a casa.

Kazimierz había encontrado a Marianka una noche sin estrellas, trastornada. La trajo a vivir con él.

Ella tiró el cigarro consumido a medias.

Supongo que no conseguiste trabajo.

Solicité un puesto de maestro, pero me ofrecieron ser conserje.

¿Qué sabes enseñar?

La danza de los planetas.

Ella lo miró con ojos incrédulos.

Mañana volveré, Kazimierz recogió la colilla humeante. Me darán una escoba. La directora se molestará si no le pongo agua a sus flores. Estarás muy orgullosa de mí.

Por la calle pasó un hombre con uniforme militar. Es hora de dormir, anunció, no quiero parejas en la calle.

Ellos no se movieron de su sitio. El soldado maldijo entre dientes y continuó su ronda.

Pensé que habíamos echado a los estúpidos que nos daban órdenes. Marianka quería escupir.

Unos van, otros vienen, dijo él, pero alguien siempre está.

Chupó el resto del tabaco y notó que la mano le temblaba. Le hacía falta un trago.

Tocó el turno al café Ziemiańska. Unas columnas y un montón de piedras apiladas ahí donde estuvieron las mesas de los poetas, dramaturgos, novelistas. Alguien había pasado un lanzallamas antes o después del derrumbe. La carta de vinos estaba chamuscada. Los vinos se habían evaporado.

Ya no olía a café.

No quedaba ni un verso garrapateado en alguna servilleta.

Feliks mencionó que él le había escrito un poema a Olga cuando eran niños. Hablaba de sus ojos y comparaba su boca con una cueva de la que salían murciélagos en el ocaso. No le gustó, pero yo creo que era bueno.

Y tú, Eugeniusz, ¿qué les dices a las mujeres al oído?

Él se sonrojó.

Anda, Ludwik lo azuzó. ¿De qué sirven los amigos si uno se guarda los pecados?

Entre trago y trago, sin convencerse de querer hablar, les relató su primera experiencia. Había terminado en fracaso porque al buscar frases amorosas recurrió a un antiguo tratado: Quiero enseñorearme de ti, le dijo, depositar en tu entraña mi simiente primordial.

Luego aprendí a quedarme callado.

Un ramo de flores, Eugeniusz, un perfume. ¿No les enseñan eso en el seminario?

Desde la calle, un hombre los miraba con insistencia.

Es el novelista, dijo Feliks.

Ludwik fue hacia él. Conversó un par de minutos y regresó.

¿Te contó algo?

Quiso hablarme del inicio de su novela. Le dije que ahora no.

Yo lo encontré la semana pasada. Me contó que en el capítulo cuatro había un crimen pasional.

Algunos aseguran que es el alma en pena de Sienkiewicz.

No creo que Sienkiewicz esté penando, Eugeniusz sacudió su botella vacía para que alguien se la renovara.

¿Y yo podría ser el alma en pena de alguien?, Ludwik repartió el alcohol.

Creo que la Biblia no lo descarta.

Me gustaría ser el alma de una niña que murió a los doce años, allá en el siglo dieciocho. Una niña que hubiesen enterrado viva.

Yo ya me cansé de ser yo. Kazimierz se puso de pie, se sacudió el empolvado pantalón. Quisiera reencarnar en alguien distinto.

A nuestra edad, dijo Ludwik, cualquiera se cansa.

En tu cementerio tienes mucha gente que dejó de ser. ¿No podríamos tomar la vida que dejaron?

¿Te gustaría ser la señora Kukulska?

Kazimierz circuló por entre sus amigos, apoyado en las puntas y meciendo las caderas.

Ven acá, preciosa, Ludwik abrió los brazos.

Cuéntame tus pecados, Eugeniusz se arremangó la sotana.

Yo sí quiero ser yo, dijo Feliks.

Cállate, niño. Llegará el día en que comprendas lo terrible que es ser uno mismo.

Eugeniusz le pellizcó el trasero. Soy el señor Kukulski, amada mía, y nadie dirá que nunca te toqué.

Anda, Eugeniusz, enseñoréate de esta dama.

Vengan a mi cementerio cuando quieran, anunció Ludwik. Tengo miles de personas que ya no son.

El padre Eugeniusz, con ojos cerrados, tenía abrazada a la señora Kukulska. El reino de los cielos a cambio de tus caricias.

Kazimierz le dio un puñetazo.

El sacerdote de la santa iglesia cayó de espaldas, encantado de saber lo que era un pleito por una mujer. Mis amigos, ¿para qué poner la otra mejilla si con la primera caí fulminado?

Crimen pasional, como el capítulo cuatro.

Levantaron la mirada. El novelista se había marchado.

¿Qué sigue? ¿Enterramos al cura?

Todavía estoy vivo, dijo Eugeniusz.

Ludwik ondeó la mano, tronó los dedos, chistó. Si no viene un mesero me iré sin pagar la cuenta.

El servicio es pésimo.

Pero la bebida es excelente.

La próxima vez nos vemos en el cementerio. Ludwik alzó la copa. Les daré trato de rey.

Eugeniusz recostó la cabeza sobre su mochila con los últimos sacramentos. Muy pronto se quedó dormido.

Hubo silencio.

Una brisa húmeda.

Un relámpago sin trueno.

Hacía años que a Eugeniusz no lo dejaban oficiar. Lo habían enviado a un convento en Częstochowa adonde iban a parar los religiosos que daban motivo de escándalo, ya fuera por el gusto de la bebida, algunos pecados de la carne, ciertas ideas políticas o brillantes dudas teológicas. Sin embargo, durante la guerra arrestaron y asesinaron a muchos sacerdotes, así que hubo necesidad de echar mano de los reservistas. El cardenal Hlond le pidió a Eugeniusz que se ocupara tan sólo de los últimos sacramentos. Hoy día nada es tan importante. De ti depende que el paraíso, y no el infierno, se llene de varsovianos.

Y así anduvo el padre Eugeniusz por toda la ciudad, rociando con agua bendita los edificios en llamas. Hasta los más creyentes se burlaban de él. Sus aguas chisporroteaban y se evaporaban sin alcanzar a impregnar ningún cadáver. A él no le mortificaba; buena parte de lo que en esos días se hacía en Varsovia era inútil.

Una vez vertió por error su vodka y las llamas se avivaron con un chillido. Estuvo seguro de que había importunado a un espíritu pecador hasta que volvió a su claustro y bebió el agua bendita.

Eugeniusz también perseguía carretones con los cuerpos que había que echar en un foso antes de que llegasen las epidemias.

Sobre todo, sentía cumplir con su deber si encontraba al herido en proceso de desangrarse, al quemado con la respiración titilante, al ahorcado todavía pataleando. En cuanto a los fusilados, Eugeniusz se paraba detrás de los soldados enemigos y gritaba bendiciones con una voz tipluda, oxidada, que poco enaltecía el momento.

Solía llegar a tiempo durante la época en que los nazis colgaban avisos sobre las ejecuciones. En los meses de la insurrección arribaba al lugar cuando ya había un montón de cuerpos en el suelo.

También daba los sacramentos a soldados enteramente vivos, por si acaso. Era su misión preferida, porque estos hombres solían recompensarlo con algún licorcillo.

Del novelista se decían muchas cosas, incluyendo esa sandez del alma en pena de Sienkiewicz. Versiones menos atolondradas aceptaban que, en efecto, era un escritor que se afanaba en una obra maestra o al menos digna. Un hombre taciturno que asistía al café Ziemiańska sin buscar la compañía de nadie; sin embargo, los artistas solían fanfarronear con voces muy altas y desde cualquier mesa se experimentaba la sensación de estar con ellos.

Un día él tendría su libro debidamente impreso, con su nombre en la portada. Entonces se sentaría con los escritores a compartir la taza o la copa y el tabaco. En vez de silencio y timidez, podría echar el humo del cigarro en la cara de sus compañeros mientras emitía algún juicio sumario sobre la literatura contemporánea.

El propio Iwaszkiewicz asentiría y pediría una ronda por su cuenta. ¿De dónde salió este muchacho?, preguntaría. ¿Por qué nadie me habló de él?

Pero antes de sentarse en esa mesa, tendría que encerrarse a trabajar, pues aunque el novelista no ponía su talento en tela de juicio, se sentía inseguro sobre el resultado de ese talento. Le asaltaban dudas sobre cada una de las trescientas y tantas páginas que había escrito. Únicamente la primera frase se mantenía intacta, tal como el día en que la concibió:

Si uno sigue el curso del Vístula, desde su nacimiento en los montes Cárpatos hasta donde dios le preste fuerzas, habrá de encontrarse una noche con la ciudad taciturna y misteriosa que lleva el nombre de Varsovia.

En el 39 se multiplicaron los rumores de guerra. El novelista supo que debía terminar su obra lo más pronto posible si no quería encontrar cerradas las casas editoriales, las librerías vacías de novelas, un mundo con escasez de papel. Lectores muertos. A la vez se preguntaba si no debía esperar a que las aguas se apaciguaran. En esa época de tensión, la gente optaba por libros de estadistas, profesores, generales, periodistas, charlatanes. Leer novelas era una mariconada.

Se encerró a escribir, irritado porque la historia le marcara un plazo.

Y la historia llegó autoritaria en septiembre, con bombo y platillo, para avisar que las cosas ya no serían como eran.

Cayeron bombas.

Ladraron los perros.

Los edificios se incendiaron.

Y con ellos ardieron los personajes del novelista.

Cada palabra se esfumó en un papel más negro que la tinta.

Hay quien dice que la novela no se quemó; salió volando tras un estallido y los testigos vieron deambular por los aires esas mariposas plenas de intimidades, emociones, revelaciones y belleza, mucha belleza. Otra versión es una mezcla. Habla de las mariposas que ascienden y revolotean con su propio fuego. Una más, cuenta que las páginas no siguieron el curso del río Vístula desde su nacimiento hasta Varsovia, sino desde Varsovia hasta el Báltico.

La novela se perdió. Es lo esencial.

Y al novelista no le alcanzaba la memoria para recuperar lo que en otro tiempo imaginó.

Pese a las firmes sospechas de que seres queridos se hallaran chamuscados bajo los escombros de tanto edificio humeante, muchas personas se jugaban su última carta de esperanza en los hospitales. Los visitaban para preguntar si ahí tenían un niño o una niña o una mujer o persona con tales y cuales características. Deambulaban por entre camas con gente vendada, dormida, inconsciente.

A veces se daba el milagro.

El novelista recorrió las salas de hospital. ¿No tienen aquí una novela de trescientas veintiocho páginas escritas a una cara y a doble espacio con carrete de tinta para una Erika portátil, muchas anotaciones a mano, algunas erratas y márgenes de tres centímetros? Empezaba así y asá y al final tenía la palabra fin.

No, señor, aquí no está.

Busque bien, doctor, tal vez las hojas se traspapelaron y el final pasó al principio y el principio al clímax y el clímax al final. En ella hay una muchacha triste porque no regresa su amado.

Es que no tenemos ninguna, señor, ni de cien ni de veinte páginas, ni policiaca ni de amor.

Si se salía del hospital con las manos vacías, lo siguiente era buscar en los cementerios, antes de que echaran los cuerpos sin identificar en la fosa común.

¿Es verdad, Ludwik?

Lo del hospital no me consta. El novelista vino al cementerio algunas veces. Yo le sugerí que hiciéramos una lápida. Le pregunté por el título de la novela. Si hablaba de mujeres preciosas. ¿Cuándo la había perdido? Él me dijo que todavía no la daba por muerta.

Yo opino que una novela nace cuando se publica. Kazimierz se puso los lentes para dar más autoridad a su comentario. Aquí estamos hablando de un embrión.

¿Se sepultan los embriones?, Feliks salió de su sopor.

Se tiran a la basura.

El novelista prefería imaginar su novela destruida y no deportada por los nazis. Esa opción le parecía siniestra. Luego de una temporada en un campo de reeducación, manoseada, torturada, traducida y adaptada, algún escritor germano se alzaría a la fama con una novela que comenzara de este modo:

Si uno sigue el curso del Danubio, desde su nacimiento en la Selva Negra hasta donde el Führer le preste fuerzas, habrá de encontrarse una noche con la ciudad espléndida e imperial que lleva el nombre de Viena.

La novela sería un éxito porque las mujeres sueñan con hombres que bailan valses, no con varsovianos ebrios y sin ritmo. Ahí donde la muchacha estaba triste porque no volvía su amado Piotr Bojarski, en la versión germana no había regresado el conde Rudolf von Waldenfels. La casucha en el campo se sustituía por un palacio. Entre más ejemplares se editaran, entre más premios y loas recibiera el usurpador, más se iría hundiendo el novelista en el desconsuelo.

Por eso la gente se compadecía de él. Muchos varsovianos habían perdido su casa o seres queridos o una pierna o un brazo. El novelista había perdido el alma.

Feliks llegó temprano a casa con un estuche negro y rectangular que le había comprado a un soldado tuerto. Era una tarde nublada, pero él prefería imaginarla con sol y con pajarracos que volaban al norte. Hoy no voy a cenar, dijo a Olga y se dirigió a su estudio en el segundo piso.

Sobre el escritorio, soltó el broche y levantó la tapa con bisagras. Ahí estaba ese aparato repleto de números, perillas y controles, rótulos en polaco, regulador de frecuencia, sintonizador, opción de voltaje y manipulador para clave Morse. El anverso de la tapa tenía instrucciones también escritas en polaco.

Lo conectó y se puso los audífonos. Una gota de sudor bajó por la nariz.

Estática.

Un silbido constante y débil.

El aparato estaba vivo.

Los niños lo observaban con curiosidad. Querían saber qué se hacía con ese juguete. Feliks ni siquiera los notó. Probó distintas frecuencias.

Nada.

Era de suponerse. Al otro lado de las ondas no estaría alguien en espera de que él enchufara el radio. Si se iba a dar una conversación, habría de iniciarla él. Sintonizó la frecuencia de aquellos días de guerra y con el cordial se puso a oprimir el manipulador.

Había perdido práctica; tardó casi dos minutos en pulsar:

Hola, amigos. Saludos desde Varsovia libre.

Esperó con paciencia una respuesta.

Llegó un siseo de lluvia lejana.

Feliks había enviado sus palabras al infinito y no hubo quien las escuchara.

Se sintió un poeta.

Cada noche volvía al transmisor y enviaba algunas señales de vida. Sabía que las ondas viajaban mejor durante la noche, aunque desconocía la explicación científica. ¿Sería la oscuridad o las hadas? ¿La luna o las estrellas? También ignoraba que para comunicarse con Londres debía usar distinta frecuencia en invierno que en verano.

Una ocasión envió: Aquí el ejército clandestino que ya no necesita ocultarse.

Otra: Manden más vacas. Hay escasez de leche.

En cierta ocasión tuvo la paciencia de pulsar una versión abreviada del cuento de la oca dorada.

A veces pedía whisky.

Y una vez que estaba molesto: Contesten, hijos de puta.

Pero en general optaba por un par de versos de alguna canción.

No perdía la esperanza de que alguien le respondiese, y no es que tuviera necesidad de comunicar algo, era cuestión de hacer funcionar su artilugio, saber que el mundo no se había olvidado de un lugar llamado Polonia. También era orgullo, pues obligaba a sus hijos a sentarse delante de él, a manera de público que aplaudiera sus logros.

Antes se ganaban las guerras con catapultas, les explicó; ahora, con estos radios. Se puede jugar una partida de ajedrez con un rival al otro lado del mundo. Es posible casarse con una novia lejana.

El menor dormitaba; el mayor prestaba sus oídos con atención.

¿No es más fácil hablar por teléfono?

A ver, dime tu nombre.

Marek, contestó el niño.

Te diré cómo te llamas con este aparato, Feliks se puso a dar de pillidos con la boca, hasta completar las barras y los puntos necesarios para deletrearlo.

Este manipulador, señaló el dispositivo en el radio, es más contundente que un gatillo. Siempre las palabras tendrán más fuerza que las balas.

Les pidió a sus hijos que gritaran con todas sus fuerzas. Ellos lo hicieron por unos segundos, hasta que subió Olga con expresión asustada.

Con sus voces llamaron apenas a su madre, dijo Feliks. Con este instrumento pueden llamar al mundo. De aquí a Londres a Milán a Washington a Machu Picchu.

Pese a no saber si el transmisor funcionaba correctamente, ni mucho menos si alguien pudiese escucharlo en el lejano Perú, Feliks disfrutaba la cara de asombro de los niños.

En otra ocasión, les explicó que para hablar con los ingleses había que aprender letras que no existían en el alfabeto polaco, ya que ellos no hacían el menor esfuerzo por aprender las letras polacas.

En una hoja de papel escribió una V.

Esta letra, hijos míos, que no está en nuestro alfabeto, fue para los británicos la más importante durante la guerra, pues con ella simbolizaron el triunfo. Aparece en las cuatro primeras notas de una sinfonía de Beethoven, mas eso es casualidad, pues el compositor murió antes de que se inventara el telégrafo. Lo que sospecho es que mucha música de hoy está llena de mensajes secretos. Los compositores soviéticos nos envían odas a Stalin disfrazadas de cantos a la primavera.

Feliks oprimió el manipulador con tres cortos y un largo. ¿Vieron? Acabo de enviar esa letra que no existe en nuestro alfabeto.

Dibujó una equis en el papel. Es un símbolo que nos sirve para multiplicar y ellos utilizan como letra. Es esencial en cuestiones de espionaje, pues cuando se desconoce la identidad de alguien, se le llama señor equis. Además, se dice que la siguiente guerra no se hará con bombas sino con rayos equis, que desintegran toda la carne y dejan intacto el esqueleto. Para recordar que en clave Morse se forma con un largo, dos cortos y otro largo, debemos aprender la palabra Xochimilco. Cosa absurda porque es más difícil recordar esa palabra que la propia clave.

¿Puedo intentarlo?, dijo Marek.

Se ajustó los audífonos y se puso a jugar con el manipulador. A Feliks le molestó que lo oprimiera con tanta fuerza.

Aunque el piano tenga una tecla hay que estudiar en el conservatorio, dijo y cambió la clavija de transmisor a receptor. Ahora tienes que esperar un siglo a ver si alguien vive del otro lado.

Sí, Marek se emocionó, algo escucho. Un pollo que pía.

Feliks le arrancó los audífonos y se los puso.

Era verdad.

Alguien quería iniciar una comunicación.

Se arremangó la camisa, empujó a su hijo y se enlazó con quien estuviera al otro lado.

Como en aquellos días.

Pero sin la emoción de esconderse, de saber que cada punzada podía ser la última.

Aquí Varsovia, pulsó Feliks, los nazis se han ido.

Hubo una pausa de varios segundos antes de que llegara la respuesta.

Se fueron hace mucho. ¿Estás borracho?

Feliks se avergonzó. Tanto esperar para que al otro lado de las ondas siderales alguien se burlara de él. Supo que había sólo una respuesta para salvar el honor.

Sí, amigo. Salud.

Kazimierz llegó a la tienda de rapiña arrastrando los pies. Préstame un reloj. Sólo por unas horas. Voy a solicitar el puesto de conserje en un liceo.

Feliks lo condujo a una vitrina. Tengo algunos fabricados al pie de los Alpes, muy caros. También alemanes, que me traen por docena. Cada tarde les doy cuerda a todos. Por la mañana, unos cuantos dejaron de latir. Siempre los mismos. Nunca los ajusto, pero creo que son igualmente precisos y con cualquiera llegarás puntual a tu cita.

Prefiero algo ostentoso, así dé la hora de mi muerte.

Cualquier reloj la da.

Eligieron uno por el tamaño de su disco, brillo, grosor de la correa.

¿Puedo preguntar para qué lo quieres?, Feliks retuvo el reloj como rehén.

Ayer conocí a uno de los maestros del liceo. Llevaba corbata y aseguró que era experto en cálculo diferencial.

Qué osadía, Feliks alzó las cejas. ¿Lo dijo en tu cara?

Y ante la directora del plantel. Yo no tuve opción. Me hice pasar por astrónomo, especialista en órbitas antes de Copérnico.

No creo que los liceos se interesen en enseñar la tierra sobre cuatro elefantes. Lo bueno es que viniste al lugar indicado.

Feliks se perdió detrás de una puerta y volvió en pocos segundos con un libro. Lo puso sobre el mostrador.

Kazimierz sacó los lentes para usarlos a modo de lupa y miró el título. *De revolutionibus orbium coelestium*. Comenzó a hojearlo. Demasiadas páginas.

Se lo compré a un sargento ruso, dijo Feliks. Puso el índice en unos números romanos. Aquí dice que se publicó en 1543. Seguro se puede vender caro. Aunque ahora importa que consigas trabajo.

Está en latín.

Tú llévalo, finge que lo lees, memoriza dos frases y el empleo será tuyo. Estudia los dibujos, sobre todo los círculos. Esos los entiende cualquiera.

¿Y no tendrás unos lentes para mí?

¿Te refieres a un telescopio?

Hablo de anteojos para distinguir un caballo de una mula.

¿Y los que traes puestos?

Maldita sea la hora.

Lo siento, amigo, los lentes no se rapiñan. Da mucho placer quitárselos al vencido, echarlos al suelo y pisarlos con una bota enlodada. Es la humillación por excelencia.

Dame entonces el reloj.

¿No te basta con el libro?

Kazimierz dio tres pasos hacia la puerta y regresó. Hoy día a nadie le interesan los movimientos de los astros.

Ya sé por qué te señaló aquel comandante nazi. Pudiendo indultar a un astrónomo, eligió a un conserje. Tendremos el suelo bien lustrado y los muebles desempolvados, pero cada eclipse nos tomará por sorpresa.

Feliks estaba tan absorto en su idea, que no le dio importancia al momento en que Kazimierz le arrebataba el reloj y se marchaba con el libro bajo el brazo.

Yo me salvé por mí mismo, pensaba, y fue el oficial alemán quien eligió a los otros tres. ¿Qué se perdió y qué se ganó porque fueran precisamente Kazimierz, Ludwik y Eugeniusz los elegidos? ¿Quiénes serían mis compañeros de borrachera si el índice del nazi hubiese señalado a tres hombres distintos? Entonces esta escena, la de Kazimierz en la tienda pidiéndome un reloj, jamás habría ocurrido, y ahora yo no estaría pensando en lo que pienso, sino en otra cosa.

Esa noche quiso comunicar su descubrimiento a Olga. Ella lo escuchó sin ganas. Él daba vueltas en torno a la mesa. Amada mía, le dijo, aquellos infelices a punto de morir sabían que la suma de millones de eventos los había puesto en ese lugar. Caín con la quijada de burro, Nerón prendiéndole fuego a Roma, el rey Popiel devorado por las ratas, y las reparticiones de Polonia. Todo tenía que ver con que se diera ese momento. Sin embargo, esos desdichados no se lamentaban por las grandes fuerzas de la historia. Ni siquiera decían: en mala hora nos invadieron los alemanes; ni ¿por qué mis padres se mudaron a Varsovia, donde me tocó nacer, vivir y ahora morir? No le dedicaron ni un pensamiento a Popiel. Les angustiaban cosas mucho más pequeñas: si no hubiese tomado ese tranvía, si me hubiera quedado a explicarle la lección a mi hijo, si me hubiese entretenido cinco minutos más con el dentista.

Las cosas ocurren porque tienen que ocurrir, dijo Olga, y da lo mismo si volteamos a la izquierda o a la derecha. Estamos vivos por cosas de la providencia y nada tiene que ver Nerón. Fue a la cocina y trajo una canasta con medio kilo de patatas. Tomó una en sus manos. Las compré hoy y mañana las vamos a comer. Si en vez de estas hubiese comprado otras, también tendría una en la mano e igual las comeríamos mañana.

Feliks estaba tan acostumbrado a que lo tildaran de niño, que acabó por pensar: Los adultos no entienden.

Quiero decir que a nadie lo mata la guerra, sino esa ráfaga de viento que desvía una bala justo cuando se adelanta la cabeza para estornudar o la visita que se hace a un pariente cuando cae una bomba en su techo, o bien, la decisión de no visitar a un pariente cuando cae esa bomba sobre el propio techo.

Olga llevó las patatas a la cocina. Desde allá subió la voz. Yo pensé que decías lo contrario, que la gente muere porque Magallanes le dio la vuelta al mundo.

Creo que hablo de las dos cosas. Las pequeñas y las grandes.

Supongamos que por ahí encuentras una verdad. ¿De qué sirve? ¿Puedes ir con ella al mercado? No entiendo adónde quieres llegar.

Feliks tampoco lo entendía. No obstante, juzgaba que su idea era elevada. Quizás la hablaría con sus amigos en la siguiente parranda. Por algo los filósofos publicaban sus teorías en un libro en vez de andarlas comentando con sus mujeres.

Por la madrugada dio vueltas entre las cobijas. Sacudió los hombros de Olga sin que ella reaccionara. Feliks se sentó en el filo de la cama, triste por la oscuridad, añorando los tiempos en que ella le contaba cuentos.

Para llegar al cementerio Powązki, Ludwik se acostumbró durante años a tomar el tranvía ocho. Hubo algunos cambios de ruta cuando se atravesó el gueto judío, pero nada que incomodara demasiado.

Ahora los rieles eran intermitentes. Los vagones se hallaban en estado de chatarra, pues en los últimos meses de guerra se habían usado como parapeto, atasco y ariete. Ahora él debía recorrer una larga distancia, atravesar lo que fue el gueto y bordear la parte del muro que aún se levantaba en los alrededores de Żoliborz.

Ludwik entró por el portón principal y aspiró el aroma mañanero de las flores y los árboles. La verdadera Varsovia existía en los cementerios. Había más habitantes dentro de ellos que en el resto de la ciudad. Más pintores, músicos, filósofos, aventureros, héroes y cocineras ahí acostados y silenciosos que armando alboroto allá afuera. En algunas tumbas había hasta seis generaciones de una familia, cosa impensable en el mundo de los vivos. Ninguno de los muertitos de Ludwik pugnaba por salir; en cambio, todo varsoviano tenía planes para entrar.

Paseó por uno de los andadores. Dio los buenos días al difunto Ignacy Lipiński, a las tres solteronas Pajkowska y al abogado Edward Federowicz, que justo ese día cumplía años de muerto. Más adelante estaba el inquilino más fresco. Michał Kulik, de veintisiete años, un arquitecto que pisó una tabla podrida en un andamio. Se hablaba de seis millones de polacos muertos a causa de la guerra. ¿De qué hubieran muerto si no? Otra vez comenzarían a llegar los que se atragantaron con un salchichón, resbalaron en la azotea, los que no quisieron llamar al electricista para ahorrarse unos zlotys, los niños que se beben el keroseno.

Quizás su muerto más indigno fuera un lituano llamado Jonas Ambrosius. Su lápida no refería los pormenores de su
fin, pero estos eran bien sabidos. El 18 de abril de 1932 saltó
por una ventana para que no lo sorprendiera un marido celoso.
La mala fortuna o la casualidad o la saña divina lo hicieron
descender sobre una varilla de tres metros que formaría parte
de una columna de concreto. No quedó ensartado en la más
humillante de las posiciones, como mucha gente se empeñó en
contar. La varilla se le encajó por el centro del vientre y salió a
un lado de la columna vertebral. En cuatro patas, masculló su
aflicción durante un tiempo que bien pudo ser eterno. Nadie
pidió asistencia médica porque no veían el modo de salvarlo.
Nadie buscó el modo de cortar la varilla. Él alzó la cabeza sin
protestar cuando unos muchachos le robaron la cartera. El marido trajo a la mujer infiel a tirones de cabello y ahí mismo
armaron una escena en la que ella juraba no conocer al desahuciado. ¿Verdad que no te conozco?, le preguntaba a Jonas Ambrosius, y él no podía articular palabra, así intentara afirmar o
negar. En sus últimos estertores, Jonas Ambrosius alcanzó a
escuchar ciertas frases compasivas. También burlas y risas. Ludwik
nunca le había dado crédito a los chismes sobre amantes que
saltaban por la ventana o se escondían en roperos, pero tenía
que aceptar que ahí, en la sección 210 del cementerio, a pocos
metros de la tumba de Bolesław Prus, se hallaba el infeliz Jonas
Ambrosius, venido de Lituania y muerto un 18 de abril en esta
ciudad capital, por culpa del amor.

Más adelante desempolvó la lápida del pintor Eligiusz
Niewiadomski. Aunque los críticos de arte jamás alabaron sus
obras, él se había vuelto famoso por la que exhibió en la Galería
Nacional de Arte un 16 de diciembre de 1922. Se trataba de
una controvertida obra de derechas que utilizaba sólo el color
rojo. Niewiadomski nunca le puso título, mas los historiadores
acabaron por llamarla *Asesinato del presidente Narutowicz*. Ludwik
tomó unas flores amarillas de la tumba vecina y las colocó en
la del pintor.

Pasó la mañana recorriendo veredas, limpiando lápidas,
encendiendo veladoras, cortando hierba, rastrillando hojas y

pétalos secos. Al mediodía presenció desde lejos el entierro de la señora Jadwiga Majkowska.

Esperó a que se hubiesen retirado todos los parientes para acercarse.

La losa era muy pesada.

Necesitaría ayuda para exhumar el cadáver.

Dos días antes se había acercado una anciana a Ludwik, apoyada en un bastón. Dicen que usted mueve los cadáveres de lugar.

¿Quién dice?

No esperaba una respuesta; ni siquiera la deseaba. Era verdad. Había traspasado seis cuerpos a otras tumbas. Todos de mujer.

Nunca nadie lo vio. Si se corrían esos chismes sobre él, era porque se corrían sobre todos los sepultureros de cada cementerio de cualquier época y lugar.

Soy la señora Majkowska, apréndase bien mi nombre. Pasado mañana me traerán aquí fría y tiesa en un cortejo encabezado por mis hijos. Yo hubiera querido que me trajeran hace cincuentaisiete años.

La mano de la señora Majkowska tembló y el bastón cayó al suelo. Ludwik lo recogió y ofreció su brazo a la mujer. La condujo a una tumba de poca altura para que se sentara sobre la losa.

Mis hijos me van a meter bajo tierra con mi difunto marido. Él murió hace ocho años creyendo que yo lo había amado. El muy dichoso no tuvo que vivir todo lo que pasamos en estos tiempos. Tampoco vivió mi infierno de más de medio siglo.

La señora Majkowska entregó un sobre a Ludwik. Ahí están las indicaciones y algo de dinero. El resto de la paga lo hallará en el crucifijo.

Ludwik sabía que era poco elegante mirar dentro del sobre. Igual lo abrió y pasó rápido el pulgar por el canto de los billetes. Había cuotas fijas para entierro, según la profundidad y época del año, también para traslados de restos a los osarios. Se acordaban tarifas para el mantenimiento de tumbas. Pero el precio de cambiar a un muerto de lugar lo determinaba el propio muerto.

¿Lo hará?, preguntó la señora Majkowska.

Será un placer, dijo él. Sin embargo, no es conveniente tener certeza sobre la fecha de muerte. No faltará quien proteste, quien diga que este es un camposanto para gente virtuosa. A usted podrían enviarla al cementerio evangélico.

A mi edad, lo más natural es confundir el veneno de ratas con el azúcar. Lo más natural es morirse.

¿Café o té?

Ella inclinó la cabeza y levantó la vista. Pensé que la idea del crucifijo era buena; ahora comprendo que puede destapar el féretro, arrancarme la cruz y dejar mi cuerpo donde está.

Señora, he engañado a muchos vivos, pero nunca a un muerto.

Ella soltó una risa queda. Todavía estoy viva.

Él le ofreció el brazo para conducirla a la salida.

Señora Majkowska, sospecho que usted nos abandonó hace mucho tiempo.

En el liceo, Kazimierz esperaba en la misma banca de parque. Estaba seguro de ya haber visto bancas iguales a esa y hasta de haberse sentado en una de ellas. Tal vez en el parque Łazienki, frente al lago de los patos y los cisnes. Hizo bola un papel que tenía en el bolsillo y lo arrojó a la muchacha de la recepción. Ella lo miró con rabia.

Abrió el libro de Copérnico en una página al azar e intentó sacarle sentido. *Martis motus commutationis...* Luego buscó algún dibujo. Todos le parecieron variaciones sobre un mismo tema. Círculos, rayas, ángulos, letras para identificarlos. Cuatrocientas páginas de aburrimiento.

A la media hora llegó un hombre de saco y corbata y se sentó junto a él. Esta vez Kazimierz no tuvo tanta paciencia. Alargó el brazo izquierdo para fingir que miraba la hora; luego preguntó a su vecino: ¿Cuál es su especialidad?

El hombre lo recorrió de arriba abajo antes de responder.

Historia.

Kazimierz lo increpó.

Eso me dice a mí porque piensa que soy el conserje. ¿Pero qué le va a responder a la directora? ¿Anales de las Guerras Púnicas? ¿Colonialismo portugués en el África Negra? Kazimierz esgrimió el libro. Sepa usted que yo me especializo en los movimientos astrales, eternos, circulares y sin retorno. Puedo hacer que descienda un aerolito sobre su cabeza.

Los ojos del hombre se movieron a uno y otro lado. Su boca se mantuvo cerrada.

Usted es igual que su amigo el matemático y seguro viene de donde mismo. Kazimierz volvió a extender su brazo izquierdo. Apuesto mi reloj contra su corbata. Usted es un circunciso.

Se arrepintió de su espontaneidad. Se ordenó a sí mismo esperar muy quieto a la obesa directora del liceo, que no era obesa pero él prefería pensarla así.

No pudo serenarse. La visión de ese hombre enteramente pulcro le envenenaba el alma porque las suelas de sus zapatos habían de ser sucias como las de cualquiera. Con sus alumnos de historia compartirá experiencia y conocimientos. Para Kazimierz tendría el polvo que recogió en las calles.

Después de su experiencia como globero, Kazimierz pensó que podría tomar cualquier empleo. Globos, pregonaba por la calle. Globos.

Se despidió de la muchacha y enfiló a la salida.

Disculpe usted, lo detuvo el hombre. Tenemos un asunto pendiente.

Recién terminada la guerra, Kazimierz se había dejado embaucar por un tipo con globos y un tanque de helio. Los niños de esta ciudad necesitan una alegría luego de tantas lágrimas, le explicó. Ya verá, ni los bollos recién hechos se venden tan bien. Con los últimos zlotys que llevaba en los bolsillos, Kazimierz pudo adquirir catorce globos. Sí, señor, sus utilidades serán del diez por uno, y aquí estaré yo para surtirle cuantos quiera.

Fueron inflándolos a tal extremo que Kazimierz tenía la certeza de que iban a reventar. Al final les ataban un hilo de cáñamo. Todos eran de color blanco triste. Ande, el hombre le entregó un pincel, dibújeles algo, sea creativo. Kazimierz no se atrevía a arrepentirse, aunque en ese momento prefería sus zlotys a todos los globos del mundo.

Dibujó con torpeza flores, cuadrúpedos indefinidos, nubes y un pollo, y se dirigió con su cargamento flotante al parque Łazienki. Corría el viento y los robles dejaban caer tallos secos. Apenas se acercó a la zona arbolada, reventaron dos globos: una flor y el pollo. Hubo de permanecer frente al parque, al otro lado de la avenida Ujazdowskie. Ahí pasaban menos niños, pero su mercancía estaba a salvo.

Globos, anunció con timidez. Luego gritó con fuerza: Globos.

Las enormes burbujas blancas eran tan evidentes que más valía quedarse callado.

Pasó un niño con su madre y su rostro se maravilló.

¿Me compras…?, dijo, y la madre le dio un tirón en el brazo para que continuaran su camino. El rostro de maravilla pasó a ser de angustia.

La escena se repitió con algunas variantes. Los niños iban de la tristeza a la rebeldía al sonoro llanto al rencor sin que ni las madres ni los padres se apiadaran de ellos.

Pasaron dos horas. Con un montón de globos sobre su humanidad, cada brisa parecía una racha. La sensación era que encima flotaban nubes a punto de soltar su carga eléctrica.

¿Qué pretende, hombre siniestro?, una señora se acercó. Los niños ya sufrieron bastante para que venga usted a ilusionarlos. ¿Cree que la gente puede gastar su dinero en lujos que revientan en dos segundos o se escapan de las manos? Lárguese de aquí. Deje a los niños en paz, déjelos ser felices con los árboles y el cielo y el sol.

Kazimierz se dio la vuelta y avanzó por Belwederska, con la sensación de que, así caminara durante horas, no estaría yendo a ningún lado mientras no se apartara de sus globos. Justo cuando se le reventaba otro, se topó con Feliks, que andaba de paseo con la familia.

Globos, exclamó Feliks con el mismo rostro de ilusión que se pintó en sus hijos. Globos.

Sí, Kazimierz estaba aburrido, eso son.

Te compro todos.

Los niños no podían creer tanta suerte. Abrieron de par en par los ojos y con ellos siguieron el vaivén de los globos. Olga tenía el mismo rostro de fastidio que las otras madres.

Estaba a punto de dejarlos libres, Kazimierz extendió los once cordeles.

Feliks los tomó y puso un billete de cien zlotys en el bolsillo de su amigo.

Gracias, papá, dijeron los niños con sonrisas luminosas.

No me den las gracias. Son para mí.

Con once globos que lo llamaban a las alturas, Feliks soñó con volar. Dio algunos pasos ligeros y cualquiera diría que en verdad flotaba.

Soy un ángel. Soy un halcón.

Sus hijos lloraron. Olga lo regañó y él hubo de compartir dos de sus globos. Ahora los tres navegaban por los aires, giraban, daban saltos, formaban parte del infinito. Decían que allá abajo las personas parecían hormigas.

Kazimierz los vio alejarse y sonrió sin saber si se sentía alegre o más triste que nunca.

Olga estaba cada día más intranquila e irritable. La tienda de rapiña no habría de sobrevivir mucho tiempo y el gobierno había iniciado un programa de expropiaciones. Cualquier mala fecha vendrían a quitarles la casa. O peor. ¿Tanto espacio para tan pocas personas?, preguntaría un funcionario, y metería doce campesinos a vivir con ellos. Además la ponía nerviosa la nueva pasión de su marido.

Ese radio nos va a meter en un lío. A veces me dan ganas de tirarlo lejos. Si estuviera embarazada, me harías parir otra vez de manera prematura.

De eso no tuvimos la culpa ni yo ni los bombardeos, sino tus ganas de asustarte.

Ella explicó que no había parido a Marek por susto, sino por un instinto muy primitivo que llevaban todas las mujeres: la única forma de asegurar que el crío no se quedara atrapado dentro del vientre era pariéndolo.

Ustedes las madres siempre quieren adornar su oficio. Feliks fue hacia el gramófono. Si hablas de un instinto remoto, te diré que entonces no había bombardeos ni radios. Había lobos y tigres y cocodrilos. La mujer alumbraba para que los animales devoraran a su hijo y la dejaran a ella en paz. El recién nacido hacía las veces de cola de lagartija.

Echó a andar el aparato. La música era triste, de poca ayuda para hablar con su mujer. Cambió el disco por una melodía alegre.

Pensaste que los aviones nos iban a matar, que los nazis nos echarían a la calle, que los rusos nos iban a esquilmar. Como nada de eso ocurrió, ahora supones que los propios polacos nos van a expropiar.

Se acercó a ella. La abrazó con fuerza. Olga le puso las manos sobre los hombros.

Se habían conocido desde pequeños. Entre juegos y cuentos decidieron enamorarse y pasar la vida juntos. El tiempo no los había tratado igual. Ella era más alta que él, tenía mechones blancos en su cabellera oscura, una expresión cansada, vellos también oscuros en los brazos corpulentos. Si ese abrazo hubiese sido una lucha, los espectadores habrían apostado por la mujer.

¿De verdad crees que se podía engañar a un nazi con el truco de los cincuentaicuatro?, dijo ella. Acaso te confundió con un niño. A tus amigos los habrá sustituido por otros más jóvenes, para asegurarse de provocar el llanto de madres y enamoradas. Puedes estar seguro de que tú no los salvaste a ellos ni a mí me salvarás de nada.

Él apagó el gramófono.

Se puso el sombrero de copa, se arremangó la camisa y subió a su estudio. Mientras esperaba a que el transmisor se calentara, sentó a sus hijos enfrente. Ellos no tuvieron ánimo de protestar, pese a que ya estaban más que hastiados del artefacto.

Esa mañana, Feliks había pensado en la música y la clave Morse. Oprimir el manipulador había de ser un arte. En su cabeza lo comparó de nuevo con la tecla de un piano y descubrió que podía pulsar las letras W, H y U con diez notas climáticas de la *Polonesa heroica* de Chopin.

Hizo una reverencia a los niños y se acomodó ante su instrumento con la insolencia de un Paderewski de treinta años.

Pulsó varias veces esa señal sin sentido a quien quisiera escucharla mientras silbaba la melodía.

Esperó la ovación desde el Albert Hall.

Llegó la respuesta. ¿Qué quería decir? ¿Alguna clave secreta?

Nada. Cosas de la música.

Pronto se enfrascó en una conversación. El clima. La familia. El estado de las cosas.

¿Cuál es su dirección?, llegó la pregunta desde la lejanía.

Feliks no era diestro tecleando números. Aún así se las arregló para responder: Różana 73.

Unos cuantos intercambios más sobre cierta canción de moda antes de la guerra y entonces llegó un mensaje más extraño que su propio WHU.

Por favor abra la puerta.

Los pillidos de un telégrafo eran siempre iguales, pero a Feliks le pareció que estos llegaban con un tono imperativo, bajo y profundo.

Quédense aquí, les dijo a sus hijos, que no lo escucharon por estar dormidos.

Bajó las escaleras con sigilo para que Olga no lo importunara con alguna pregunta. Se dirigió a la puerta.

Ahí había dos hombres de sacos negros, manos en los bolsillos, sonrisa incapaz.

Háblale a tu papá, ordenó uno de los hombres.

Feliks no se movió de su lugar.

Yo soy mi papá, respondió.

Uno de los hombres le iluminó la cara con una linterna.

Creo que es verdad, dijo.

Pregúntale por qué trae ese sombrero.

El otro no hizo la pregunta ni Feliks se empeñó en dar explicaciones. Se lamentó de no haber pensado con mayor agilidad. Cuando le pidieron que llamara a su padre, debió haber dicho: Un momento, por favor. Saltar hacia la propiedad vecina y huir. Se había equivocado como en aquella ocasión en que los nazis lo bajaron del tranvía; en vez de disimularse entre las mujeres y los niños, había mostrado su carta de identidad. El oficial le echó dos vistazos antes de enviarlo junto con los que serían ejecutados.

Ahora esos hombres ni siquiera le habían preguntado su nombre.

¿Hice algo malo?

Vamos a dar un paseo.

Feliks adoptó una ambigua pose marcial y dijo con gran voz: Somos cincuentaicuatro.

Las palabras mágicas que una vez le habían salvado la vida sólo irritaron al par de agentes. Uno de ellos lo tomó de la oreja y lo condujo al auto negro.

El sombrero cayó al suelo.

El segundo hombre lo recogió.

La puerta de la casa se quedó abierta.

Feliks deseaba de todo corazón que ninguno de sus hijos estuviera ante la ventana mirando cómo acarreaban de modo tan vulgar a ese pianista maravilloso por el que las mujeres se desmayaban en las mejores salas del mundo.

No toda Varsovia quedó en ruinas. La parroquia de San Agustín se mantuvo dignamente erguida entre cerros de cascajo. Alrededor de la plaza Unii Lubelskiej quedaron en pie los edificios que la rodeaban. Casi sin heridas subsistió el hotel Polonia, que ahora hospedaba embajadores extranjeros y daba trabajo a espías nacionales con aspecto de meseros, botones y recamareras. Si se andaba por aquí y por allá, se encontrarían edificios aislados y bloques completos que le hicieron un pase de muleta a la destrucción. Olé.

Según se tanteó, hubo un quince por ciento de construcciones que quedaron en pie.

Por eso, si alguien mencionaba que vivía en un edificio del quince, no se refería a un distrito, sino a que su vivienda quedó más o menos intacta. Había que suponer, claro está, que esta gente no vivía en el centro de la ciudad.

Entre las construcciones del quince, destacaba por su firmeza la del 37 de la calle Rakowiecka. Ahí se podía llegar de varias maneras, dependiendo del punto de partida. Lo más común en otros tiempos era tomar el tranvía tres o el nueve, que se detenían a unos metros de la entrada. Había otras cinco líneas que podían dejar a los pasajeros en el crucero de Rakowiecka y Puławska. De ahí se andaba poco menos de un kilómetro hacia el oriente. Ahora, sin transporte público, lo normal era llegar a pie o en bicicleta.

Sin embargo, la mayoría de los inquilinos del 37 de la calle Rakowiecka solía llegar de un modo particular. Sin importar de qué punto cardinal se proviniera, el medio de transporte era un auto negro. Se viajaba con desconocidos de trajes oscuros que daban órdenes, amenazaban e interrogaban. Iban armados.

A veces el pasajero yacía en el suelo del vehículo, ya con algunos golpes; eso dependía de su docilidad. El viaje se hacía entrada la noche o en plena madrugada.

El vehículo ingresaba al edificio y de inmediato el portón se cerraba.

Adentro esperaban al nuevo residente.

Bienvenido a la prisión de Mokotów.

Las nuevas autoridades estuvieron muy contentas de regentear un edificio de muros exteriores tan gruesos y altos, que no sólo resistían golpes de mazo y hasta un cañoneo; también impedían que de afuera se mirara para adentro y de adentro para afuera. Además, esos muros de concreto amortiguaban los gritos al punto de que bastaba el discreto rumor de algún generador eléctrico para ocultarlos por completo.

Różana 73 estaba muy cerca de Rakowiecka 37. Si el trayecto a pie se hacía en diez minutos, podemos imaginar cuánto se demoraba un auto. Muy poco tiempo para que los hombres de negro aprovecharan el espanto del pasajero. Por procedimiento, solían deambular durante más de media hora. Suficiente para que un espíritu débil confesara algunas cosas y delatara a sus cómplices. El caso con Feliks fue distinto. Lo sentaron en medio del asiento trasero y le acomodaron el sombrero, pues gracias a su baja estatura no topaba con el techo. Apenas arrancó el auto, Feliks se puso a chillar de manera tan alta y afeminada que el chofer hizo el recorrido en un tiempo récord de cincuentaitrés segundos.

Luego del registro con huellas digitales, amenazas, firmas, un manotazo en la nuca y datos personales, condujeron a Feliks por un pasillo iluminado con lámparas de techo que se mecían, dándole movimiento a las sombras. Él llevaba un bulto abrazado. Una cobija gruesa que podía usarse como colchón. Le habían cambiado su ropa por otra que le quedaba grande. No tenía aspecto de uniforme, sino de mera ropa vieja. Los pasos de Feliks eran silenciosos; los de los otros dos hombres retumbaban y hacían eco. Se detuvieron delante de una puerta metálica. Uno de ellos la abrió con estruendo y ordenó a Feliks que entrara. El otro iluminó el interior con una linterna. Alcanzaron a verse varios pares de ojos adormilados.

Ya está ocupada, Feliks se quedó en el umbral.

Sintió un empujón en la espalda y la puerta que se cerraba. A medida que fue acostumbrándose a la oscuridad, los ocupantes de la celda se volvieron espectros. La luna entraba por una angosta ventanilla y seis pares de ojos miraban al nuevo inquilino.

Vengo armado.

Se escucharon risas y a alguien que decía: Nos echaron un niño.

Nadie agregó nada y uno por uno fueron regresando a sus sueños.

La celda apestaba a ser humano. Había uno enorme que roncaba de acuerdo con su tamaño.

¿Por qué seis hombres en la noche querían dormir en vez de beber y cantar y bailar, tocar la guitarra o el acordeón y contarse cuentos?

Quizás estaban muertos.

Feliks echó al suelo su cobija y se hizo un ovillo junto a la puerta. Debajo quedaba una angosta ranura. Por ahí clavó el meñique hasta el fondo y alcanzó a mover la punta al otro lado.

Soy libre, se dijo.

Marianka se echó sobre el colchón. Lo había traído del hospital. Estaba casi nuevo y con tenues manchas de sangre. Ella había conservado su empleo, si bien la mayor parte de las enfermeras salieron sobrando tras la firma de los tratados de paz.

Todo era negrura en la habitación. Marianka fijó la mirada en el techo y acabó por distinguir ciertas formas que se alejaban, como hojas que caen de noche.

Los ojos no aceptan la oscuridad, dijo. Se inventan un tenue caleidoscopio para seguir viendo algo.

Feliks me prestó un reloj y lo perdí en una apuesta. Kazimierz se acomodó junto a ella.

¿Conseguiste empleo?

También me dio un libro sobre las órbitas de los planetas. Ahora sí estaré listo para solicitar la cátedra de astronomía.

Abrazó a Marianka, intentó besarla, y ella se zafó.

Cuando vuelva Piotr, te va a matar.

Aunque Marianka no acostumbraba compartir asuntos personales, esa noche necesitaba hablar.

Fue en los días de la insurrección, dijo.

Piotr había llegado al hospital con su anular derecho arropado en la mano izquierda. Ella le limpió y desinfectó la herida. Luego comenzó a vendarla.

¿Y el dedo?, reclamó Piotr.

Podemos dedicarle una misa o echarlo a la basura. Marianka lo arrojó sin ninguna ceremonia sobre un montón de gasas ensangrentadas.

¿En qué dedo me voy a poner el anillo cuando nos casemos?

Ella sonrió, feliz de que ambos hubiesen sentido lo mismo en esos minutos que tenían de haberse encontrado.

El anillo se usa en la mano izquierda, le respondió.

Él miró su vendaje. Le gustó porque parecía el de un boxeador.

Marianka lo dejó ir, pero se encargó de hospitalizarlo todas las noches.

Junto a la cama donde sus gemidos se confundían con los estertores de los moribundos, un tablero indicaba que Piotr tenía tifoidea, cólera morbus, erisipela aguda, quemaduras de segundo grado, gangrena o neumonía, condiciones de las que sanaba cada mañana de manera prodigiosa en espera del nuevo padecimiento de la jornada.

Mañana toca heridas de metralla.

El jueves, respiras gas mostaza.

Eso es de la otra guerra, protestó él; mas ella le habló de la nostalgia.

Piotr no se presentó la noche en que le tocaba sufrir de insuficiencia respiratoria. Tampoco el fin de semana en que Marianka quería sorprenderlo con un contagio de gonorrea.

Ella se enteró de que los nazis lo habían tomado preso.

Terminó la guerra y los alemanes se quedaron sin prisioneros. Pasaron días y semanas sin que Piotr volviera. Entonces corrió el rumor de que los comunistas lo habían encerrado.

Marianka se lamentó de la forma tan precipitada en que se había deshecho del dedo. Si lo hubiese conservado en un líquido aséptico, hoy Piotr estaría con ella. Él recorrería su cuerpo y la haría gemir y llorar y reír.

Voy a esperarlo, dijo Marianka. El tiempo que sea necesario.

Kazimierz sentía curiosidad desde hacía tiempo por conocer la historia de Piotr. Ahora que la había escuchado hubiese preferido ignorarla. Piotr había tomado sustancia con las palabras de Marianka. Ahora era un soldado, un prisionero. Era un hombre.

Él también se puso a mirar hacia el techo.

¿Lo ves?, ella señaló la oscuridad. Son como hojas que caen de noche.

Sí, respondió él, aunque no veía nada.

Olga fue a buscar a Kazimierz. Le preguntó si sabía algo de Feliks. Anoche salió de casa y no ha regresado. Dejó la puerta abierta y el transmisor encendido. Me pondría feliz si usted me cuenta que Feliks la pasó bebiendo hasta tarde y que está por ahí tirado ebrio en una calle.

Nunca supe de mujeres que se contentaran con eso. Kazimierz recordó el reloj y se llevó la mano derecha a la muñeca izquierda, para ocultar algo que ahí ya no estaba. ¿Tuvieron algún disgusto?, preguntó por preguntar, porque eso hubiese hecho un investigador.

Hemos tenido diferencias. No recuerdo si la última vez fue por su radio o porque le puso bigotes al retrato de mi padre.

Señora, debo irme. Tengo que hacer mi tercer intento por obtener un puesto de conserje.

Había hablado de más, pero deseaba enterar a la señora de que existía gente con problemas mayores que un marido ausente.

Olga le extendió un llavero. Le ofrezco otro empleo.

Le dijo que los precios estaban marcados, le pidió que no dejara ir clientes sin comprar. Estaba autorizado a descontar hasta la mitad.

Él le explicó que no tenía talento para las ventas. Ella forzó las llaves en sus manos.

Los días de esa tienda están contados. Más vale malbaratar que quedarse con la mercancía. Y si de veras tiene vocación de conserje, puede pasarle el plumero a las vitrinas.

Kazimierz aceptó porque vio una escapatoria para el asunto del reloj. Podía vender uno en todo su valor y decir que vendió dos a mitad de precio.

Yo seguiré buscando a Feliks por calles, bares, pastelerías y hospitales.

Olga no quería plantarse ante la ventanilla donde preguntaban las mujeres cuando sus maridos se esfumaban por la noche.

Aún no.

Qué satisfacción encontrarlo inconsciente y con una venda en la cabeza en cualquier habitación del hospital de Bemowo, o tumbado en algún callejón, apestoso de sus propias inmundicias, o con una taza de latón y cadena al cuello junto a un organillero.

Kazimierz se dirigió a su nuevo empleo. El tintineo del llavero en el bolsillo le dio la ilusión de llevarlo repleto de monedas.

Tenía cinco minutos regenteando la tienda de rapiña y ya estaba furioso. ¿Por qué alguien con la mitad de su edad podía poseer todo eso, volver a una casa propia y hallar un plato caliente en la mesa? ¿Por qué yo tengo la edad que tengo y pavor de que me echen de casa? Al principio sentía la rabia contra algo impreciso. Poco a poco se fue encauzando hacia Feliks. Acaso el único atenuante era que en nada le envidiaba su mujer. La siguiente vez que lo viera le haría el reclamo. Nos salvaste a todos, amiguito, pero tu premio fue la juventud, el futuro que relumbra; el mío es la vejez, un presente oxidado. ¿Por qué ese día no negociaste las mismas condiciones para todos?

El novelista tocó la puerta y él le hizo una seña para que se marchara. Aún no deseaba recibir clientes. Necesitaba examinar la mercancía.

Se puso a revisar los relojes. Entre ellos encontró cuatro con la tapa grabada. Tres de ellos no le sugirieron nada. Jan Gajewski, Teodor Panusz y Menachem Kipnis. Nombres de alguien que pudo vivir en Varsovia o cualquier otra ciudad. Le hubiese encantado uno que dijera doctor Aronson. Se lo habría echado en el bolsillo sin contemplaciones. Miró el cuarto reloj. Gerszon Sirota, Nueva York, 1912. Kazimierz imaginó el reloj en viaje de Berna a Nueva York, de ahí a Varsovia, luego en manos de un alemán, de un ruso y ahora en las suyas, listo para ser vendido e iniciar otro periplo. Eso sin contar el tiempo que pasó en la muñeca izquierda de Sirota, que habrá andado de un país a otro en busca de aplausos. Kazimierz se lo ajustó y miró las manecillas paralizadas. ¿Será la hora en que murió? Supuso que no. De haberlo llevado puesto, el reloj se habría derretido. Además, no daba crédito a esa leyenda en que los mecanismos dejaban de latir al mismo tiempo que el corazón. Kazimierz nunca asistió a un recital de Sirota, pero hubo un modo por el que casi todos los varsovianos escucharon su voz: las paredes de la gran sinagoga nunca bastaron para confiscarla, y los paseantes en la calle Tłomaskie se detenían, guardaban silencio, se dejaban transportar a Jerusalén con un dios muy antiguo y, pese a los exhortos de los curas católicos, concluían que quienes ahí dentro se congregaban no eran seres tan perversos. Durante el verano, a veces brotaba esa misma voz por una ventana abierta en la calle Wołyńska, solfeando, ensayando algún canto. Algunas personas se apostaban en los extremos para impedir el tráfico de caballos y vehículos de motor. Mandaban cerrar la boca de niños y pregoneros, y aguzaban los oídos para atrapar por lo menos un do re do mi sol. Si se reunían suficientes personas, Sirota salía al balcón, saludaba en yídish y se ponía a cantar en italiano alguna de las arias más populares. A los varsovianos podía hacerles ese regalo, así fueran gentiles. A los neoyorquinos les hacía pagar una fortuna, así fueran judíos. Kazimierz lo escuchó en ese balcón. *Una furtiva lagrima*. Andaba por Wołyńska en busca de zapatos y se olvidó de ellos. *Un solo istante i palpiti del suo bel cor sentir!* Volvió varias veces a esa calle por si se repetía el milagro. *Si può morir! Si può morir d'amor*. Mas siempre volvió en vano. El gran Sirota andaba de gira o silencioso o con las ventanas cerradas. En su último intento, Kazimierz compró unos zapatos que le sacaron ampollas.

Se ajustó el reloj en la muñeca y le dio cuerda. Marcaba las 3:13, y un minuto después, las 3:14. Kazimierz intentó cantar. Le salió un aullido.

Mi estimado Sirota, dijo, son las 3:15 en tu reloj, aunque calculo que en Varsovia serán las nueve de la mañana.

Justo a esa hora regresó el novelista y se puso a manosear el picaporte.

Kazimierz abrió. Se hizo a un lado porque el visitante entró con ímpetu. Recorrió los estantes sin prestarle atención a la mercancía.

¿Y los libros?, preguntó.

El novelista se paró en el centro del local. Señaló con el índice. Allá junto a la ventana se exhibían las novedades. En el fondo, la literatura polaca; a un lado, la del resto del mundo. Había una mesa grande para la poesía. Junto a aquella pared se apilaban las partituras musicales y, al lado, revistas literarias en ocho idiomas. En el fondo, un librero completo con textos militares. Por aquí y por allá enciclopedias, ensayos en alemán, francés, en ruso. Y aquí, justo en medio, una mesa de caoba donde se colocaba el libro de moda, donde un día hubiese estado mi novela, tiraje de varios miles de ejemplares, primera, segunda, enésima edición, del capítulo uno al veintiuno.

¿Cómo se llamaba?

¿Por qué nos degradamos así? ¿Por qué un local ayer colmado de libros vende hoy estas vanidades? Ahora una mujer tendrá collares en vez de sueños.

La novela, ¿cómo se llamaba?

No sé si ya tenía título. Luego del bombazo pasé un mes sin siquiera saber quién era yo. Recuerdo que tenía veintiún capítulos en trescientas veintiocho páginas. Me sé de memoria la primera frase, a mediados de la historia una mujer esperaba a su amado y en el capítulo cuatro había un crimen.

Pasional, dijo Kazimierz.

El novelista se acercó con ojos brillantes. ¿Cómo lo sabe? ¿De casualidad le di a leer el manuscrito antes de que desapareciera?

Lo sabe el mundo porque tú no paras de repetirlo.

De nada me sirve recordar apenas eso. ¿Él la mató? ¿O ella es la asesina? ¿Pistola o cuchillo o veneno? ¿Marido o amante celoso o engañado? Si no puedo recordar el texto palabra por palabra, entonces siempre estaré recordando otra cosa.

¿Entre tanto olvido no has considerado que ni siquiera seas escritor?

El novelista se quedó unos segundos en silencio. Necesito revistas literarias, las más recientes. Sospecho que se robaron mi obra. La van a traducir y adjudicar a un escritor alemán. Necesito ponerme al corriente de las novedades que se publican aquí y allá. Tal vez pueda descubrir al ladrón. Supongo que si encuentro un resumen del argumento habré de recordarlo. Tal vez sea suficiente con el nombre de un personaje. Bajó la mirada y suspiró en una actitud sincera que a Kazimierz le pareció teatral. Tengo miedo, continuó el novelista, es posible que ni leyendo mi propia novela me acuerde de ella. Bastaría con que el plagiario disimulara la primera frase. Sería como pillar a tu mujer con otro y no darte cuenta de que es tu mujer.

No habría crimen pasional.

Y todo se acabaría en el capítulo tres.

Veré si hay revistas en la bodega. El otro día mi amigo sacó un libro de allá. Con suerte tenemos toda una biblioteca.

Kazimierz se perdió unos minutos tras la puerta. Volvió con un viejo volumen. *Pan Tadeusz*. Sólo había esto.

El novelista lo palpó, hojeó. Lo abrió por la mitad y hundió el rostro entre esas piernas de papel. Aspiró.

Te lo vendo, Kazimierz quiso aprovechar el momento.

Una frase tan vulgar rompió el embeleso del novelista. Cerró el libro.

Kazimierz Maksymilian Sierpiński, dijo Kazimierz. ¿Te suena el nombre?

El novelista negó con la cabeza.

Eso significa que tu novela no era sobre mí.

Quiero suponer que no había un tendero en la historia, pues no habría podido evitar el lugar común de caracterizarlo como un judío embaucador.

Allá atrás vi una máquina de escribir. ¿Por qué no pruebas con ella? Oprimes teclas al azar y de pronto das con la frase correcta. Entonces vendrán todos tus recuerdos en torrente. Así funciona con la música. Aunque hayas olvidado una canción, recuerdas el siguiente verso al escuchar el anterior. O puede darse que en el intento de evocar tu novela termines por escribir otra.

¿De quién?

Tuya, pero distinta a la que perdiste.

Deme la máquina de escribir. Y papel en blanco.

Kazimierz fue a la bodega y regresó con un cajón de madera tan pesado que no se atrevió a poner sobre ningún mostrador. Lo dejó en el suelo.

Parece una caja de municiones, dijo el novelista.

Llévatela y me la vas pagando poco a poco. A Kazimierz no le costó trabajo ser generoso con la mercancía ajena.

¿Y el papel?

Para ser un escritor tienes pocos recursos. Arranca tus trescientas veintiocho páginas de cualquier muro. Han tapizado la ciudad con carteles. Algunos ofrecen empleo de conserje.

El novelista tomó el cajón por el asa y se marchó de inmediato, para evitar que Kazimierz le hablara de plazos y mensualidades.

El reloj de Sirota marcaba las tres y media.

Convencida de que no iba a hallar a su marido inconsciente en un hospital ni en una orgía interminable ni en la
cueva de un nigromante, Olga se decidió a preguntar en la
prisión de Mokotów. Se apersonó en una fila de ocho mujeres
que remataba en una ventanilla. Si a algo se había acostumbrado en los últimos años, era a hacer filas. No le gustaba conversar con las otras mujeres. Le exasperaba que alguien a sus espaldas la pasara resoplando su impaciencia. Olga procuraba
distraerse con algún recuerdo de infancia o una tonada silenciosa. Una vez se le ocurrió que si desde la primera fila hubiese
tomado un libro, ya habría cursado un doctorado en filosofía
o derecho; pero cada vez que se paraba entre dos mujeres se
decía que era la última vez. Las cosas tenían que mejorar. Comprar el pan o una gallina sería otra vez cuestión de un minuto;
algo tan sencillo que hasta los hombres podrían hacerlo. Tiempo atrás, Feliks le había hablado de un científico que demostró
que el tiempo era cosa relativa; estaba en función de la velocidad
de las cosas. Eso lo sabe cualquier mujer, respondió ella. Entre
los hombres hace falta un genio para demostrar lo evidente.
Ahora la fila se movía con tal lentitud que Olga se volvería una
anciana antes de llegar a la ventanilla. No podía ser de otro
modo: a tres kilómetros de ahí, Kazimierz desplegó el volumen
de Copérnico en *liber primus*, folio nueve y miró la representa-
ción de las órbitas planetarias. Puso el índice sobre el segundo
círculo, denominado Saturnus, y lo hizo girar diez veces en
torno al sol. De tal suerte habían pasado 295 años cuando Olga
llegó al frente de la fila.

Quisiera saber si aquí está Feliks Agnieszk Malinowski.
¿Quién pregunta?

La señora Olga Malinowska.

El encargado conocía sus expedientes de memoria. Comoquiera los hojeó antes de responder.

Sí, señora, aquí tenemos a su hijo.

Es mi marido.

Él la miró de medio lado, con un ojo entrecerrado. La repasó de cabeza a cadera, hasta donde le permitió la ventanilla.

Perversa, dijo.

¿Se le acusa de algo?

El renglón de los cargos estaba en blanco.

Un minuto, por favor, solicitó el encargado y se retiró al fondo del despacho. Ahí habló con un superior. Ambos dirigieron la vista hacia Olga. La imagen se cortaba con papeles pegados en el cristal. Horarios, reglamentos, avisos. El superior se acercó para preguntar:

¿Qué parentesco tiene usted con el detenido?

Soy su mujer. Olga habló con la mirada baja.

Perversa, dijo el hombre.

De camino a su segunda jornada en la tienda de rapiña, Kazimierz fue haciendo planes sobre las distintas maneras de defraudar a su amigo. A vender un objeto y quedarse con una parte del dinero se le llamaba comisión. ¿Si la subía al cien por ciento seguiría llamándose así? El día anterior había vendido algunos objetos. Además, había hurtado tres piezas de joyería y el reloj de Sirota. Llevaba en los bolsillos algunos zlotys y aún no resolvía con qué fracción quedarse.

Antes de abrir, se asomó por el escaparate. La luz caía de manera oblicua, y más que iluminar el interior reflejaba el movimiento de la calle. Aún así, Kazimierz vio los mostradores en desorden, algunos cristales rotos. Alguien se había llevado la mercancía.

Clavó las manos en los bolsillos para evitar el sonido metálico de las llaves y se echó a caminar con prisa por la avenida Marszałkowska. Luego torció en Wilcza. Tan pronto vio un hueco en un muro derruido, arrojó por ahí el llavero.

¿Así que de eso se trataba? Miró a su alrededor, vio rostros que no lo observaban. Pierdo un reloj en una apuesta y me culpan del robo de toda la tienda.

Tenía que pensar en cómo salir de ese lío y no se le ocurrió mejor sitio para sentarse a pensar que la banca de plaza de la oficina del liceo, frente a la muchacha.

Vengo por el anuncio, dijo y tomó su sitio, en espera de que dentro de media hora llegase un hombre bien vestido, con aspecto de maestro de química o física o literatura.

Se abrió la puerta y un hombre señaló a Feliks. Él se puso a dar de gritos. Se tiró al suelo y agarró la tubería de la calefacción. Lanzó insultos, maldiciones. Un guardia hubo de darle con un garrote en las manos y dos más lo tomaron de los tobillos y se lo llevaron arrastrando.

Cuando regresó, los compañeros le pidieron que guardara la compostura.

Uno de ellos se acercó. Soy el capitán Bojarski.

Al darse la mano Feliks sintió que estrechaba un objeto mal hecho. Te falta un dedo, dijo. ¿Te lo cortaron aquí?

Bojarski le explicó que solían golpear todo el cuerpo con múltiples objetos. Les arrancaban las uñas, los quemaban con cigarrillos, pero no solían mutilarlos.

Feliks fue al lavabo y se enjuagó la cara. Necesitaría un estuche con afeites, cepillos y pañuelos. Ojalá Olga se lo enviara pronto.

¿A ti qué te hicieron?, preguntó Bojarski.

Son hombres muy amables, Feliks se sentó en el suelo. Me invitaron un café, panecillos y mantequilla. Les pedí té, porque el café me pone nervioso. Uno de ellos, un hombre muy alto, tuvo que ir a la tienda porque se les había acabado.

Los presos le clavaron una mirada hostil. No se iban a andar con juegos.

Mi querido capitán Bojarski, dijo Feliks, lo que ocurrió allá abajo fue tan bochornoso que no se lo contaré a nadie.

Esa noche sólo llegaron tres. A Kazimierz le alegró no ver a Feliks, pues no quería discutir con él de relojes y dineros. Ludwik esperó a que hubiesen bebido lo suficiente.

Los cité aquí para que cumplan con la última voluntad de la señora Majkowska.

El cementerio era bello de día: una serie de veredas y monumentos en el bosque más tupido de Varsovia. Flores. Veladoras. Viudas prestas a vivir. Ludwik no se decidía si le gustaba más el verdor del verano o la blancura del invierno, mas cualquiera que fuese el clima, nada competía con la belleza de la noche. Ningún ruido de la ciudad llegaba hasta allá. En invierno las ramas sin hojas daban la sensación de que se miraba el cielo a través de un cristal quebrado. En verano era la compañía de insectos voladores e incontables bichos que reptaban por la hierba. La suma de aleteos, mordiscos y batallas nocturnas daba el crepitar de un incendio que iba poco a poco devolviendo la carne a su origen. En tiempo de lluvia venían también los sapos, que luego desaparecían sin dejar rastro y hacían a Ludwik creer en la generación espontánea. Salían de la boca de los muertos que en vida sembraron escándalo. Su croar era un eructo, la única voz que el infierno les daba para pedir perdón. Croac, decían esas mujeres que pasaron la vida chismorreando. Croac, los periodistas vendidos. Croac, los políticos de mierda. Ahora nadie los escuchaba.

Habían reunido algunas veladoras en torno a la tumba de la señora Majkowska. Las botellas de vodka tapaban parcialmente el texto del sepulcro acerca de la amantísima esposa y buena madre muerta el día anterior. Los vasos de las veladoras eran rojos, verdes y amarillos. El rostro de cada quien variaba según los caprichos de las llamas.

Tenemos que sacar de aquí a la difunta y meterla en otro sitio de descanso.

¿Con su enamorado?, preguntó Kazimierz.

Un capitán del ejército que murió a los veintiséis años.

¿Y podemos verla?

Claro que sí, voy a abrir el féretro para sacar un crucifijo, aunque te advierto que su capitán murió en 1888. Puedes imaginar la edad de la enamorada.

Yo creo que no es correcto, protestó Eugeniusz.

No te preocupes, dijo Ludwik. Es ilegal, pero no inmoral.

Me parece que también podría ser pecado. Alejarla de su legítimo marido y echarla con su amante.

Sabían que la moral de Eugeniusz era retórica; bastaba una contraoferta para mandarla al carajo.

Bebe otro poco, padrecito. La Biblia dice que después de muertos todos se ayuntan con todos.

Eugeniusz se encogió de hombros. Tanta fosa común con hombres, mujeres y niños. Vaya uno a saber el festín que arman los muertos.

Profanar tumbas, Kazimierz se sobó las manos. El sueño de todo adolescente.

Entre los tres tomaron la losa. En el primer esfuerzo no pasó nada. En el segundo, la piedra se levantó lo suficiente para salir de su lecho. No les resultó difícil arrastrarla a un lado.

Igual suena cuando destapas una alcantarilla, dijo Kazimierz.

El esfuerzo los había cansado.

Mejor vamos a beber, Eugeniusz dio un trago y colocó las botellas sobre los brazos de una cruz.

¿No sería más fácil traer al capitán para acá?

En vez de flores crecerían serpientes, dijo Ludwik.

¿Y qué pasa si un día quieren echar los restos de la señora en un osario?

Para entonces yo no estaré aquí. A quienquiera que le corresponda hacerlo tendrá que robarse huesos de otro lado.

Cuidarnos las espaldas es algo que va con el oficio de enterrador.

Igual pasa con nosotros los curas, sobre todo en asuntos de… Eugeniusz comprendió que estaba hablando de más.

Kazimierz tomó la pala y comenzó a escarbar. Este favor te va a costar uno más grande.

Eugeniusz sacó el agua bendita de su mochila y roció un poco.

¿Ya amaneció?

Todavía no.

Me pareció que pasaba el sol.

La carga les pesó demasiado. Se tambaleaban y avanzaban en zigzag.

Ludwik tropezó y el cajón cayó al suelo. No hubo una escena en la que se abriera la tapa y el cuerpo de la anciana saliera rodando y exhibiera sus refajos.

Eugeniusz maldijo a los fabricantes de féretros. Diseñan estos trastos pensando que siempre habrá cuatro personas para cargarlos.

Reanudaron la marcha en la oscuridad.

¿Vamos en dirección correcta?

La carga se aligeró cuando Ludwik les dijo que la vereda era un río; el féretro, una canoa. El agua fresca les llegaba a la cintura, hacía cosquillas. A su alrededor, los cadáveres flotaban, alzaban un brazo, la cabeza, luego se los tragaba un remolino. Tomando ventaja de la corriente, entre peces y lirios, Eugeniusz se orinó en los pantalones. A Kazimierz la evolución lo llevó de vuelta al momento en que fue un feliz anfibio que parpadeaba y comía insectos.

Tocaron puerto luego de virar a la izquierda. La tumba del capitán Nowicki.

La señora Majkowska se resistió a soltar el crucifijo, pero acabó por ceder y, según Ludwik, sonrió con la expresión más feliz que jamás se le viera a una anciana.

De la tumba no brotaron gemidos ni flores, como había predicho Ludwik. Quienquiera que la visitara, vería los mismos hierbajos de siempre, como si bajo tierra hubiese un par de cadáveres y no dos enamorados que al fin hacían el amor luego de tan larga espera.

La marcha de regreso por los meandros del río a contracorriente fue difícil. Ludwik se desorientó. Las nubes habían cubierto las estrellas. Podían ser devorados por un reptil acuático. Cualquier hombre de medianas agallas se dejaría arrastrar por las aguas. Pero ellos no iban a darse por vencidos, no, señor. Contra viento, marea y la ira de los dioses, regresarían a esa tumba donde ahora yacía abandonado y engañado el señor Majkowski, porque allá, en los brazos redentores de una cruz, aguardaban las botellas rebosantes del licor que da la salvación en esta tierra.

Habían retirado las tablas de la ventana que daba al oriente para que entrara aire fresco. Por la mañana se metió un rayo de sol que aterrizó en la cabellera de Marianka. Kazimierz se acomodó los lentes y trató de contarlos. Apenas percibía un tejido difuso.

No hallarás liendres, dijo ella.

¿Sabes cuántos cabellos tienes?

El arribo de los nazis encareció todo lo que se comía o servía para mantenerse caliente en las noches. En cambio, abarató otras cosas, como las obras de arte o la mano de obra. Tal vez lo que más bajó de precio fueron los servicios profesionales de un judío.

Kazimierz miraba sin entender esos periódicos alemanes con letras que parecían venir de la Edad Media. Tenía que retirar el papel hasta donde daban sus brazos para que la escritura tomara forma, pero entonces las letras se volvían tan pequeñas que no podía distinguirlas. Era hora de graduarse unos lentes.

Fue a la calle Nowolipki, donde había una óptica con avisos de ofertas. Nada sino maná verán tus ojos, decía el cartel de la puerta.

Se sometió a varias pruebas con algunos instrumentos ópticos y hubo de leer un rótulo con tipografías distintas a las de los diarios alemanes. Kazimierz se sintió un imbécil diciendo e, efe, pe, te, o, zeta y otras letras pese a tener claro que se trataba de un examen de vista y no de lectura.

¿Se está burlando de mí?

Ayer vino un profesor de literatura, dijo el doctor Aronson, y tuvo que leer lo mismo. Ahí donde usted alcanzó a descifrar los últimos signos, él ya no pudo continuar.

En el proceso, el doctor Aronson le daba indicaciones a una muchacha. Llévate esto, trae lo otro, limpia aquello. A Kazimierz le costaba trabajo discernir dónde acababa la barba del oculista y dónde empezaba la boca.

Luego vino la hora de elegir el armazón. Aronson empujaba a Kazimierz para que eligiera entre los más caros. Este va bien con la forma de su cara. Hoy día en París se usan estos otros. A las mujeres les gustan los aros dorados. A aquellos se les puede instalar cristales más anchos.

¿Y esos? Señaló Kazimierz un armazón de baquelita.

Están en oferta porque nadie los quiere.

Kazimierz hizo el trato, pagó la mitad y se sentó en una silla de la recepción.

¿Qué hace ahí, amigo?, el doctor Aronson le dio una palmada, lo condujo a la puerta. Esto tarda una semana o diez días. Sí, venga entonces. O espere quince días o mejor un mes. Sí, un mes, usted sabe que en estos tiempos nada es seguro.

Kazimierz se gastó el dinero y tardó más de un mes en volver a reunirlo. Al fin se echó el saldo al bolsillo y se dirigió hacia Nowolipki, sólo que antes de llegar se topó con un muro. Lo primero que le vino a la mente fue el doctor Aronson burlándose de él. Bordeó el muro de ladrillo hasta dar con una entrada. Ahí un policía alemán le marcó el alto.

Tengo que pasar, protestó. Ya pagué la mitad de mis lentes.

El policía no hablaba polaco. Kazimierz le enseñó el papel de la óptica. Doctor Aronson, le dijo, y se señalaba los ojos. Inventaba un falso alemán para darse a entender: *der kristallsehen, die okularen.*

Cada de vez en cuando, al pasar por alguna entrada del gueto, hacía otro intento que resultaba igual de inútil.

Finalmente un policía se ofreció a ayudar por una cantidad. De acuerdo, rezongó Kazimierz, el pago se lo descontaremos al doctor. Dígale que soy el de los lentes de baquelita.

Se vieron con una malla de púas de por medio. La barba del doctor Aronson estaba más crecida y revuelta.

Mi estimado señor, dijo el oculista, no traerá usted lo último en la moda, pero verá cómo le cambia la vida.

Kazimierz se probó los lentes. Veía un poco mejor, si bien el mundo cercano seguía siendo borroso. Antes de entregarle los billetes, les echó un vistazo. Los números temblaban.

No veo bien.

Es por falta de costumbre. Úselos una semana, deje que sus ojos se ajusten y podrá contarle los cabellos a su amada. ¿Siquiera se imagina cuántos tiene?

El doctor Aronson me aseguró que podría contarle los cabellos a mi amada.

Marianka salió de la cama. No quería ser la amada de Kazimierz.

Mi pelambre está bien sin contar, dijo ella. Es una metáfora de los judíos. Si una mujer tiene larga y abundante cabellera significa que guarda muchos secretos. Por eso han de raparse antes del matrimonio.

¿Y de qué sirve una mujer sin misterios?

Pasó la semana y el mes sin que los ojos de Kazimierz se acostumbraran a los lentes. Con ellos no sólo veía borroso, le causaban jaqueca. Se volvía irritable.

Intentó localizar al doctor Aronson pero no obtuvo respuesta a los recados que le enviaba desde el lado libre del muro. Hacía guardia ante la entrada de Okopowa o la de Leszno sin que nunca avistara esas barbas que sepultaban la boca.

Un par de años después paseaba frente al gueto y vio que se realizaba una deportación. Aunque estaba ocupado en ver a las jóvenes, reconoció en el grupo al doctor Aronson.

Se las arregló para marchar junto a él, al otro lado de la valla. ¿Se acuerda de mí? Sacó los lentes del bolsillo y se los puso. ¿Se acuerda de estos lentes? Sepa, doctor, que yo pienso en usted todos los días. Cada letra difusa que miro me trae recuerdos de usted, y vaya que he visto miles y millones de letras desde la última ocasión en que nos encontramos. Ni mis ojos se acostumbraron ni tengo amada para contarle los cabellos.

Estimado señor, considérese usted dichoso si no puede ver el mundo tal como es. Ya lo dicen las escrituras: Tus hijos y tus hijas serán entregados a otro pueblo, y tus ojos lo verán, y desfallecerán por ellos todo el día y no habrá fuerza en tu mano. Y enloquecerás a causa de lo que verás con tus ojos.

El doctor Aronson siguió caminando hacia el destino de su gente.

Kazimierz se quitó los lentes y los guardó en el bolsillo. Se prometió deshacerse de ellos.

¿O acaso era verdad que los ojos llegarían a acostumbrarse?

La rabia contra el doctor Aronson fue engordando hasta alcanzar para todos esos hombres barbados del barrio judío, así fueran cada vez menos. En las noches, cuando pensaba en sus lentes, en su vista borrosa y dolor de cabeza, en su incapacidad para distinguir entre la L y la Ł, se inclinaba a darles crédito a esas historias en las que los judíos robaban niños para crucificarlos.

Ludwik no les había confiado a sus amigos una faceta novedosa de su oficio. Desde la llegada del gobierno provisional a Varsovia, ocasionalmente podía encontrarse la tierra removida en una sección arrinconada del cementerio. Él tomaba sus implementos para acabar de apisonarla, confiando en que esos enterradores nocturnos hubiesen respetado las reglas de sanidad y profundidad, pues había que evitar a toda costa los malos olores y la posibilidad de una epidemia. En algunas ocasiones lo hacía de balde; en otras, le dejaban un sobre con cualquier cantidad.

Cada vez más mujeres transitaban vidas de lágrimas y dudas, preguntándose qué habría sido del hijo, del marido, del hermano. Los bolcheviques sentían pasión por los secretos, el silencio, la noche. Corrían rumores sobre varios sitios con fosas donde echaban a sus enemigos, y a Ludwik le conmovía que uno fuera precisamente su cementerio.

Si las autoridades le hubieran pedido consejo, él les habría indicado la mejor manera de esconder un cadáver. Tráiganlo a media mañana con un cortejo vestido de negro y una mujer llorando. La noche tiene más ojos que el día, señores, y aunque todo se guarde en secreto, se descubre todo.

La bala en la nuca era emblema de sus ejecuciones; sin embargo, Ludwik imaginaba que los echaban vivos al foso, amordazados y atados de pies y manos.

Cada sepulturero tenía sus aficiones. Algunos buscaban oro en las dentaduras, otros robaban el cabello de las jóvenes. Algunos devotos confirmaban que el difunto no estuviese circuncidado. En los primeros años del cementerio Powązki hubo uno con la obsesión de averiguar las últimas cenas. Ludwik llevaba en la mente algo más ordinario: los enterrados vivos. Llegó a pasar la noche sobre las tumbas de algunos recién sepultos, alerta a cualquier gemido, grito, pataleo. Lo hacía con la gente de buena posición social, pues le ilusionaba salvar al desdichado y obtener por ello una suculenta recompensa; y tan sólo con quienes hubiesen tenido lo que él llamaba una muerte resucitable. Descartaba a los muertos por bala o aquellos muy ancianos.

Su relato preferido era el de un noble inglés al que había rescatado el sepulturero del cementerio de Brompton luego de dos días. Volvió feliz a casa y sus hijos lo asesinaron, pues no estaban dispuestos a renunciar a la herencia. Morirse es una promesa que hay que cumplir, le dijo uno de ellos.

De rescatar a alguien, Ludwik lo llevaría a beber una cerveza. Le explicaría los riesgos de aparecerse en casa así como así.

Su fantasía funcionaba con hombres o señoras. No con una muchacha. ¿Acaso había algo más exquisito que el desamparo? A ella la dejaría luchar con la esperanza, escucharía sus gritos hasta que se apagaran y cada día vendría a venerar esa tumba que tan grande placer le ofreció.

Cuando hallaba la tierra removida le pasaba por la mente escarbar, identificar de algún modo al difunto e ir a buscar a la madre. Ya no lo espere, señora, yo le diré adónde puede llevarle flores. Una mera idea, porque no tenía ninguna intención de contrariar al gobierno.

Mejor apisonar la tierra, dejar claro que él no era un revoltoso. Al fin, su oficio era el mismo en una democracia que bajo fascistas o comunistas.

Lo importante es que me dejen en paz.

Por eso le molestó tanto la visita de Olga.

Feliks está preso en Mokotów, le dijo. Ustedes tienen que sacarlo.

¿Nosotros, señora? ¿Por qué?

Es inocente y asegura que les salvó la vida. Ahora ustedes deben corresponder. Invadan la prisión, hagan un boquete en el muro, ametrallen a los guardias, organicen una guerra civil.

De acuerdo, señora. Despreocúpese. Antes de una semana tendrá de vuelta a su marido.

¿Cómo lo harán?

Eso es cosa nuestra. Usted vaya con sus hijos a contar los días.

La mujer se retiró justo cuando las nubes se cerraban.

Ludwik no tenía idea de cómo sacar a alguien de prisión; ni siquiera pretendía intentarlo. Las mujeres necesitaban promesas. Se sintió satisfecho del modo en que se había deshecho de esa impertinente.

Un boquete en el muro, se dijo. Qué estupidez.

Kazimierz iba sintiendo más confianza con el paso del tiempo. Había quitado todos los tablones de una ventana. Cada vez más se consideraba el legítimo propietario del departamento.

Encendió una vela y miró a Marianka.

Yo nunca te hubiera dejado.

Piotr no me dejó.

Si yo tuviera su edad, ya no lo estarías esperando.

No creo que hayas sido un joven muy interesante.

Tuve mi guerra y aquella sí la ganamos.

Marianka fue a la ventana. Entre promesas de alumbrado y electricidad, la calle seguía siendo un borrón del que brotaba el sonido de pasos lentos.

Siempre puedo distinguir si es hombre o mujer quien va pasando.

¿Ahora qué se escucha?

Era una pareja, pero Marianka no respondió. Dijo otra cosa.

El crucifijo es falso.

¿De qué hablas?

Lo colgaron en esa pared para que se mire desde fuera. La fotografía también es una farsa.

Marianka acercó la vela a la imagen de la familia.

Las niñas son muy hermosas, dijo él.

Los cuatro tratan de sonreír, Marianka pasó el índice por los rostros. Se nota que la madre ha llorado.

Esos detalles no puedo notarlos. El doctor Aronson no me lo permite.

¿Qué habrá sido de ellos?

Tal vez alguien se compadeció de esas niñas.

Desde que ocupó el departamento, Kazimierz supo que debía deshacerse de los objetos personales de sus antiguos propietarios. Lo primero era esa fotografía. En los cajones quedó algo de ropa. En el corredor, una maceta de tallos secos. No había papeles. Ningún documento que mencionara nombres, apellidos. Lo poco que poseyeran se lo habrán llevado en esos kilos que les permitían. Toqueteó los escasos muebles. Les buscó un compartimiento secreto. Nada. No había muñecas. El piso era un escenario.

Acabó por encariñarse con la fotografía y la conservó en la pared.

Con frecuencia Kazimierz miraba a las niñas. A una la llamó Kasia; a la otra, Gosia, seguro de que sus nombres debían ser más bíblicos. Tendrían diez u once años. Asistirían al quinto grado. Más tarde, cuando fueran al liceo, él las vería todos los días. A ustedes las conozco. A sus padres también. Ellas lo mirarían sin hablar y él volvería a sus labores de conserje o a impartir su clase sobre las fases de la luna.

Kasia es más bonita, dijo Kazimierz.

Marianka continuaba con la vela ante la fotografía. ¿Cuál es Kasia?

La más bonita, respondió él.

Me sé varios relatos sobre hermanas. En todos, la de cabello negro mata a la rubia.

Kasia y Gosia tienen el mismo cabello. Supongo que la asesina sería Gosia.

Marianka sopló a la vela y fue a la cama. Yo supongo que los asesinos fueron otros.

Para el novelista fue una hazaña acarrear la máquina de escribir a casa. No era ligera ni portátil como su antigua Erika de manufactura alemana y teclado rigurosamente polaco. Además, con el aspecto de embalaje de municiones, en cualquier momento podría arrestarlo un oficial para interrogarlo, y una vez entrado en investigaciones, tal vez portar una máquina de escribir era más subversivo que centenas de cartuchos para una Tokarev. Se estacionó a tres calles de la tienda de rapiña y esperó con paciencia, sentado en el cajón, haciendo señas a cualquier vehículo que pasara por ahí. Al fin se detuvo un transporte de aspecto militar que acarreaba civiles. Bajaron dos señoritas y eso dejó espacio para él. Justo el tipo de vehículo que antes se abordaba encañonado, con las manos en alto; el de la redada. Próxima estación, se solía decir: el matadero. Correspondencia con: el cielo o el infierno.

Cruzaron el puente provisional de madera sobre el Vístula. El novelista bajó en la calle Targowa. Doscientos sudorosos metros adelante, llegó a casa.

Lo siguiente era conseguir papel, y aquel hombre de la tienda tenía razón. La ciudad estaba plagada de carteles.

Algunos habían resistido lluvias, heladas y sol. No los había tocado el fuego que consumió su novela. Otros se notaban frescos, con pocos días de edad. Algunos se desprendían sin complicaciones; otros se negaban a abandonar su muro y terminaban convertidos en tiras que no servirían ni para un epígrafe. A veces el novelista daba con un palimpsesto. Detrás de una convocatoria sindical aparecía un aviso de los soviéticos encima de una ordenanza nazi encima de un instructivo para casos de bombardeo aéreo encima de un programa de teatro. Carteles alemanes que advertían sobre la crueldad de los bolcheviques; y mensajes soviéticos que advertían sobre la crueldad de los nazis. Otros más en yídish. Invocaciones a defender la patria. Avisos escritos a mano en los edificios derruidos: Krystyna, nos mudamos a Lublin, que dios te bendiga y proteja. Artur, tus dos hermanos murieron, no los busques más. A Mikaela la puedes encontrar en casa de la tía Małgorzata en Augustów. Henryk, me cansé de esperarte. Otro simplemente decía: Ya nada tiene sentido. Estos ofrecían el mejor papel: reciente, muy blanco, del tamaño y grosor correctos para una máquina de escribir.

El viento trajo una hoja suelta a manos del novelista. La partitura de una pieza titulada "Me miro en tus ojos".

Esquelas.

Pesquisas.

Recados de esperanza.

Exhortos a no beber alcohol medicinal.

Para cuando reunió las más de trescientas hojas, llevaba consigo cuatro avisos en los que se solicitaba conserje para un liceo.

Volvió a casa con el cúmulo de papeles. Los puso sobre una mesa y les dio cierto orden según sus medidas. Habría de tijeretear algunos para darles el tamaño adecuado. Los fue repasando y se dio cuenta de que hablaban de un mundo feliz que se trastornó. Comenzaba con una comedia en el teatro Buffo de martes a domingo y una venta de productos de los montañeses en la plaza del mercado. Luego venían avisos sobre refugios antiaéreos, arengas para luchar. Seguían los bandos del enemigo, mano de obra forzada, deportaciones, ejecuciones, familias separadas con vagas esperanzas de volverse a ver. Al final: la vida nueva, las bondades del progreso, un puesto de conserje.

Quedaba el reverso en blanco de esas hojas para que el novelista escribiera otra novela.

Tomó el cajón de la máquina de escribir, soltó los broches y levantó la tapa.

Canta, oh novelista, la novela de una ciudad que se esfumó; canta a las mujeres que no volvieron, a los hombres que murieron. Escribe unas líneas y haz sonar en tus palabras el llanto y el viento, la risa y el tiempo y el amor. Cántale a Varsovia, amigo mío, la ciudad que el diablo se llevó. Al valor de sus hombres, que de nada nos sirvió. Pon aquí y allá unas líneas igual que versos a esos seres perversos de fusil en mano y el alma en ceros. Canta a aquella ciudad que se llamaba Varsovia para que nadie la olvide y canta también a esta otra con otra gente, sin sabor, sin valor y sin historia que vino a robarse el bello nombre de Varsovia.

Bendito seas, novelista, se dijo a sí mismo. Tuyo es el reino.

El novelista dio con el puño en la mesa. No es que fuera su manera de reaccionar ante un contratiempo, pero en algún lado había leído la frase "Ryszard dio con el puño en la mesa". ¿Pudo haber sido en su propia novela? Dejó los recuerdos para más tarde. Ahora había destapado la máquina de escribir y ante sus ojos apareció un complicado artefacto. En un vistazo poco atento captó que era marca Erika, igual que su máquina anterior. Luego miró bien las grandes letras. Se trataba de una Enigma. Desconocía esa marca que, a juzgar por el teclado, venía de Alemania. No sería la primera ocasión en que un polaco debiera teclear un texto para luego señalar a mano tildes, vírgulas, puntos y barras. La máquina tenía al lado derecho un mecanismo de rotores que le daban un aire de caja registradora.

Metió un papel en el carro, oprimió el cambio a mayúsculas y dio el primer teclazo. Su dedo se hundió sin que la máquina reaccionara. La inspeccionó con más atención y descubrió que de la base brotaba un cable eléctrico.

Le gustaría haber comprado el armatoste. Así podría volver a la tienda a insultar al vendedor. Le gustaría ser un autor de prestigio, con una muchacha dispuesta las veinticuatro horas a tomar sus dictados. Una estudiante sensible, a quien le temblara la mano en las escenas violentas y llorara cada vez que los amantes se dicen adiós.

Y, sin embargo, no podía reclamar nada al vendedor. Habría de tender un cable con el vecino de abajo para que le prestara un poco de electricidad.

Kazimierz miró la hora en el reloj de Sirota. Marcaba las cuatro. Quién sabe si de la mañana o de la tarde, pero esa posición de las manecillas significaba que en Varsovia serían las once de la mañana, más o menos. El mecanismo para ajustar la hora estaba descompuesto. Kazimierz decidió que era buen momento para acudir al liceo. Si no podía regular las manecillas, había de esperar a que al reloj se le acabara la cuerda. Luego echarlo a andar en el momento justo.

Se presentó ante el escritorio de la recepción. ¿Conoció usted a Gerszon Sirota?, preguntó a la muchacha. Ella alzó la vista y volvió a bajarla. Kazimierz se arrellanó en la banca y abrió el libro de Copérnico en una página cualquiera. Se puso las gafas y fingió que lo leía, cosa que no hubiera podido hacer así sus ojos fueran los que tuvo en la adolescencia. ¿A quién se le ocurría escribir en latín? Sólo alcanzó a leer la primera línea, que con letras enormes decía Nicolai Coper-, luego el texto se iba empequeñeciendo como en aquel rótulo del doctor Aronson. Se quedó estático unos minutos pensando en los anillos de Saturno.

Salió de su sopor al escuchar que alguien le hablaba.

Su máquina, señor, es cosa del demonio.

Kazimierz reconoció al novelista sentado junto a él.

No me la has pagado.

Ni un rublo ni un marco le voy a dar por ella. Mire lo que escribí.

Kazimierz llevó los lentes más allá de sus narices para examinar el texto. La letra eme no se marca bien, dijo, y veo que rellenaste a mano algunos signos. ¿Te parecen motivos para no pagar la máquina?

Esa no es mi novela. Yo oprimí las teclas para escribir algo sobre el nacimiento y flujo del Vístula y eso fue lo que apareció en el papel.

La historia de un hombre que se convierte en bicho me parece más interesante que la de un río que avanza.

Vi que la máquina tenía unos discos extraños. Les modifiqué la posición y resulta que ahora estoy escribiendo un clásico ruso. El novelista le arrebató el papel. Me encantaría ser Tolstoi o Kafka, pero sólo si Tolstoi o Kafka no hubiesen existido. Millones de hombres medianos no tienen problemas por ser iguales entre sí; en cambio es imperdonable que un genio se parezca a otro.

¿Y por qué vienes a verme aquí? Esos son temas para hablarse en otro lugar, con una botella.

Lo que menos esperaba era encontrarlo aquí. Vine por lo que está en el otro lado del papel.

Kazimierz distinguió el cartel perfectamente.

Como no puedes ser uno de esos escritores, quieres convertirte en mí.

Le aseguro que prefiero seguir siendo yo.

¿Entonces por qué vienes a usurpar mi puesto? Sólo yo soy el conserje de este liceo.

De algo tengo que vivir mientras recuerdo mi novela.

Ven como maestro de literatura o vete a vender globos. Kazimierz ya se cansaba de toparse con tanto insolente en esa banca. La cubeta y el trapo son míos; quédate tú con los versos y la condición humana.

Se colocó el libro bajo el brazo y se paró ante la muchacha. Señorita, ¿sabe si aquí se ofrece cátedra de astronomía?

La directora no está, dijo.

Ambos salieron al bullicio de la calle. Un viento fresco del norte les avisó que pronto llegarían los días de abrigo.

Ni conserje ni literatura ni astronomía.

Un niño sin brazos les pidió dinero. Kazimierz se siguió de largo; el novelista también.

Ludwik volvía a casa. En los restos de la esquina de Gęsia y Smocza vio a un hombre ante una silla de barbero. Cualquiera diría que le habían dinamitado su local y por un milagro él quedó vivo, listo para continuar con su trabajo, e intacto a no ser porque le faltaba una pierna. El hombre tijereteó el aire. Ludwik se palpó la barba.

A los muertos los afeitan antes de enterrarlos, dijo.

También a los vivos. El barbero puso una olla con agua sobre un fogón. Colgó el sombrero de Ludwik en una percha. Sacó filo a la navaja, ya de por sí filosa.

Es un sitio extraño para una peluquería. Ludwik se acomodó en la silla. Se dejó poner en torno al cuello un lienzo aceptablemente limpio.

El barbero señaló una carreta y un caballo en el lado opuesto de la calle. Es mi primer día aquí. Busco otro sitio cada vez que la autoridad me echa. Cosa mala, porque los clientes no pueden serme fieles.

Mis clientes son los más fieles del mundo, dijo Ludwik, sin que el barbero le preguntara cuál era su oficio. Con él no hubiese tenido problema de hablar sobre el cabello de los difuntos.

Yo trabajaba en el hotel Polonia, se dio a tijeretear sin preguntarle a Ludwik cómo quería el corte. Le echó agua tibia en las barbas. Hasta que el gobierno metió un agente en mi lugar. Así se trate de un embajador cargado de secretos, los clientes comienzan a hablar tan pronto sienten una cuchilla en el cuello.

El agua enjabonada, la navaja acariciando la piel. Dedos suaves y diestros del barbero. Ludwik cerró los ojos. Imaginó que el tacto era de una mujer.

Yo me ofrecí como agente, pero me dijeron que ningún funcionario hablaría conmigo por la pata de palo. Me enseñaron el artículo de un médico famoso. Afirma que los cojos son personas malvadas y sensuales, indignas de confianza. Yo sé cómo soy sin necesidad de que me lo diga un experto.

Hasta el sonido de la navaja le fue placentero. Al cortar, al afilarse.

¿Y cómo le ocurrió?

¿Lo de la pata? Todos quieren saber. El barbero interrumpió un momento su trabajo. Lo reanudó al tiempo que volvía a hablar. Hay quien dice que soy muy afortunado. Para mí fue una desgracia. Ludwik se arrepintió de preguntar; ahora sentía más pesada la mano del barbero. El puño apretaba la navaja, que tomó el movimiento de quitar escamas a un pescado. Los nazis, usted sabe. Nos pusieron a un montón de gente en un patio y duro con la metralleta.

La olla traqueteaba con agua hirviendo.

Imagínese el resto. La mía es igual a otras historias del hombre al que dieron por muerto. Llegué al hospital caminando, pero ahí se empeñaron en mutilarme. Luego me pusieron una prótesis quesque muy moderna. La cosa rechinaba, me daba comezón y era enojosa de quitar y poner. Acabé yendo con un carpintero. Cualquiera de ellos hace mejores cosas que los médicos.

El barbero dio tres golpes en el suelo con su pata.

Usted es un superviviente, dijo Ludwik.

No se mueva o le corto la oreja.

Tenemos un grupo. Nos emborrachamos para celebrar que estamos vivos.

Suena mejor que ir a la iglesia. ¿Dónde se reúnen?

Esta noche será en el Adria.

El viento volaba los pelos. Ludwik tenía ganas de palparse la cara.

Señor, ese café ya no existe.

Amigo mío, el Adria luce más esplendoroso que nunca y su pata de palo no será obstáculo para bailar un tango con la más hermosa de las coristas.

El barbero tijereteó y navajeó a voluntad. Otro hombre pasó por ahí. Preguntó el precio y se quedó a esperar.

Es lo mejor contra los piojos, dijo.

Más tarde, Ludwik se miraría en un espejo. Su barba y cabellera habían desaparecido. Supuso que el barbero cojo jamás había trabajado en el hotel Polonia; acaso en un campo de prisioneros.

Esa noche volvieron a notar la ausencia de Feliks y alzaron un poco los hombros. ¿Qué le vamos a hacer? Se instalaron donde estuvo la pista de baile. Había cristales rotos, algo de grava y unas teclas de piano esparcidas.

¿Qué variedad tenemos hoy?

Estaba anunciada la orquesta de Henryk Gold, pero no la veo por ningún lado.

El ambiente era de quietud. Poca gente andaba fuera de casa y menos aún por la breve calle Moniuszki. Encerrada entre una avenida y una plaza, no parecía conducir a ninguna parte.

Faltaba algo en el ánimo. Pasaron largo tiempo bebiendo casi sin hablar, hasta que Eugeniusz resolvió cambiar la actitud.

Si falta música, yo me sé algunos salmos.

Ludwik habló antes de que llegara la borrachera.

Olga estuvo a verme. Quiere que hagamos un agujero en la prisión de Mokotów.

Suena bien. Kazimierz bebía rápido, sin paladear. ¿Para qué?

A Feliks lo llevaron preso y la mujer supone que es nuestra obligación rescatarlo.

Et vinum laetificat cor hominis, cantó Eugeniusz.

¿Sabes latín? Kazimierz sacó unas nueces del bolsillo. Las dispuso sobre una superficie que pudo ser de la barra. Agarren, miserables. No es sano beber sin comer.

¿Que si sé latín, hijo del diablo? No me digas que ni de niño te llevaron a la iglesia.

Ayúdame a traducir un libro, padrecito.

Sí, hermano mío en la fe, lo haré con gusto, y desde ahora te digo que estarás sentado a mi derecha mientras yo traduzco.

Se escuchó un ligero golpeteo y arrastre que se iba acercando.

Buenas noches, el barbero se anunció desde la calle.

Ludwik se quitó el sombrero, mostró su calva. Olvidé decirles que tengo un invitado.

Entre la abundancia de escombro, el barbero hizo gala del arte de esquivar obstáculos con su pata de palo de punta metálica.

Con eso puedes jugar billar, dijo alguno de ellos.

Ludwik hizo un intento por presentarlo, aclarar por qué lo había invitado; mas a quién importaba quién era ese hombre cuando había llegado con un par de radiantes botellas.

Por favor, Ludwik, róbale las gafas a un difunto. Tal vez le vengan espléndidamente a mis ojos.

Con los lentes de un muerto se ven espectros.

Otra canción, padrecito, pero no tan santa.

El señor es peluquero. Me dejó como me ven.

¿Cuánto cuesta una afeitada?

A mí el cabello me lo corta Marianka, dijo Kazimierz.

Comedunt panem impietatis et vinum iniquitatis bibunt.

Ya basta, Eugeniusz.

Marianka. Así se llamaba la enfermera que me amputó la pierna.

¿Y qué le hicieron?

Una mujer dulce, enamoradora.

A tu pierna. ¿Qué le pasó?

Yo qué sé.

Tal vez no hacía falta cortártela. Los nazis estaban armando un monstruo y exigían a los doctores una cuota de piernas, de ojos y demás.

Los médicos siempre han sido la más baja de las estirpes.

Luxuriosa res vinum et tumultuosa ebrietas…

Maldito fraile, nos vas a volver locos con tu misa negra. Ludwik se puso de pie y desafinó, con mucho sentimiento, un tango de Mieczysław Fogg. Kazimierz adelgazó la voz para hacerle segunda.

Eugeniusz ofreció su mano a Ludwik. Hora de bailar, enterrador.

El barbero clavó su pata entre dos piedras y se puso a girar. Con un impulso daba hasta dos vueltas y media. Era una danzarina de caja de música.

Ah, si tuviera falda con hebras de palmera y sostén de conchas de mar.

El barbero se sabía el centro de atención. Giraba y giraba y suspiraba y más vueltas daba. Si se podía amar a una sirena, tanto más a un hombre sin pierna.

Como la noche era fresca, Eugeniusz iba vestido de capuchino. Se desató el ceñidor y con él latigueó a Kazimierz. Mejora tu ritmo, pecador.

Él se dejó violentar hasta que la borla le dio con fuerza en la entrepierna.

No estés jugando, Eugeniusz.

El cura se subió el faldón para zapatear el tango como pieza de vodevil.

Quizá perdido o invocado por las notas de su música, dio la casualidad que Mieczysław Fogg pasaba por ahí. Se detuvo un tanto conmovido por lo que esos hombres hacían con su canción.

Miren, dijo el barbero cuando lo detectó en uno de sus giros. Ese tipo se parece a Fogg.

Por favor, amigo, venga acá, le llamó Ludwik, y fue a la calle por él. Lo tomó del brazo y lo condujo hasta un túmulo donde estuvo el estrado de los músicos. Ahora vamos a bailar esa sobre las rosas de otoño. Usted mueva la boca y el cuerpo al estilo de los cantantes.

También puedo cantar, dijo Fogg.

No exagere. Lo contratamos por su parecido, no por su voz.

Los cuatro supervivientes cantaron y bailaron. Fogg gesticulaba, movía los brazos, se llevaba la mano al pecho en el verso del "corazón que late como campana", y ofrecía al aire una flor cuando los cuatro desentonados cantantes decían "¿quién revivirá los tiempos aquellos?".

Al terminar hubo aplausos y Fogg hizo una venia sin quitarse el sombrero.

¿Cuál sigue?, preguntó Kazimierz.

"No amar esta noche es un pecado", dijo Ludwik.

Esa no es mía, protestó Fogg. Es de Żabczyński.

Cállese, señor, Eugeniusz lo amenazó con el chicote.

Otra vez se dieron al canto y a la danza y al trago. Fogg muequeaba sin enjundia esa canción ajena mientras el barbero, en una pata, dejaba que Kazimierz lo revolviera en un suave vals por los planetas. Soy una princesita, decía con los ojos cerrados. Y si en esa celebración a la vida no le dedicaban un pensamiento a la muerte, mucho menos se iban a acordar del amigo preso. Las cuatro voces se fueron desfasando hasta semejar un bramido prehistórico. Fogg los miraba con envidia, sabiendo que, por muy afinada que fuese su voz, nunca había tenido la fuerza de ese coro que proclamaba lo más sublime y primitivo del ser humano.

En la celda oscura, triste porque esa noche no estaba bebiendo con sus amigos, Feliks se preguntó por qué, entre infinitas posibilidades, ocurrían justo las cosas que ocurrían. Exceptuándose él mismo, en el grupo de condenados pudo haber un banquero, un actor, quince oficinistas, un fabricante de helados, un profesor de filosofía. Si sus amigos de borrachera hubiesen sido un tal Zygmunt, un Bartosz y un Ludwik distinto al otro Ludwik, las cosas se habrían desviado a tal punto que él estaría ahora en casa en cama en brazos de su mujer. Siempre era más, mucho más, lo que dejaba de ocurrir que aquello que sí ocurría. Aquella tarde hizo tres amigos; a cambio quedó una ristra de muertos que nunca conoció. ¿Cuántas existencias me perdí por estar con un sepulturero, un cura y un conserje? Feliks podía pensar en carretadas de variaciones cuyas consecuencias serían tenerlo libre; sin embargo, en una lotería de incontables billetes, él había sacado el premio mayor: una estadía entre cuatro paredes sucias, con pésima comida y torturas y amenaza de muerte.

Maldito el rey Popiel, dijo.

No era rey, murmuró una voz desde la negrura, sino príncipe.

Feliks no podía dormir. Empezaba a malquerer a Olga porque no venía a rescatarlo.

¿Alguien podría contarme un cuento?

Le respondieron varios ronquidos.

Poco después, sonó la voz baja del capitán Bojarski: ¿Te sabes el de Pan Twardowski?

Sí, pero igual quiero escucharlo.

El relato dio inicio con susurros, hasta que alguien protestó. No se oye. El capitán Bojarski subió la voz. Era clara y potente, de declamador. Hace muchos años, en la antigua ciudad de Cracovia, vivía un hechicero… Alguien encendió una vela y la puso en el centro de la celda. Los hombres fueron despertando y rodeando la tenue llamarada que se multiplicaba en los ojos de cada uno. Podía decirse que estaban en el bosque, en torno a una fogata. El viento soplaba fuerte y los abedules crujían; por allá pasaba una piara de jabalíes. Aullaban los lobos. Alguien trajo un vaso con agua y lo fueron pasando de mano en mano, dándole pequeños sorbos, mientras avanzaba la historia del hombre que quiso engañar al diablo.

La voz del capitán Bojarski volvía delicioso el relato. No rechinaba como la de Olga. Sería un lujo tenerlo en cama para las noches de insomnio.

Fue dándose un lance tras otro. Quiero ser sabio, dijo Pan Twardowski, saber lo que está vedado a los hombres. El diablo apareció, como siempre con un pacto. Existía un modo de escapar y un modo de perderse por los siglos de los siglos. En el relato había noche y día, aunque siempre más noche. Mujeres, embrujos, amenazas, muerte. Llegó el momento en el que Pan Twardowski había de dar la mayor prueba de su poder, invocando el espíritu de Barbara Radziwiłł. El capitán Bojarski alzó su mano de cuatro dedos y la llamó. Barbara, escúchame. Barbara, ordeno que te presentes ante mí. Feliks pudo ver un resplandor que iba tomando forma de mujer, más blanca y sensual y santa que cualquier aparición de la virgen.

La vela chisporroteó y se apagó. Pero la celda continuó iluminada, los ojos siguieron relumbrando. Pan Twardowski tenía poder sobre la vida y la muerte, sobre pasado y porvenir, aunque ya no era el dueño de sí mismo. Los presos se volvieron nobles en un castillo y Barbara Radziwiłł les hablaba, no por la gracia de un pacto con el diablo, sino por la magia de un relato que embelesa el alma.

Cansados de bailar, tumbados en el suelo, todavía alegres por el recuerdo de la alegría, bebieron otra ronda.

¿Así que apresaron a Feliks? Kazimierz tomó la palabra.

Olga asegura que es inocente.

No ha de serlo tanto quien vende mercancía de gente asesinada.

Matar en la guerra no cuenta como asesinato, dijo Eugeniusz. O tal vez sí.

Kazimierz abrió la boca, apartó aún más los labios con los índices hasta mostrar unas amalgamas doradas. Si nos hubiesen matado aquel día, Feliks habría puesto mis dientes en venta.

El barbero se había desmontado la pata de palo. Con ella cascaba las nueces.

Hoy no hemos hablado de la señora Kukulska, dijo Kazimierz.

Pasado mañana es su cumpleaños. Así lo dice la lápida.

Habrá que llevarle flores.

Ludwik se incorporó. Se deshizo de la modorra y agitó el puño. Hay que rescatar a nuestro amigo.

¿Quién quiere nueces?, el barbero ofreció los corazones soberbiamente pelados.

Tienes manos de artista.

Las manos hábiles para cortar el cabello lo son para todo.

La mujer de Feliks me dio tres opciones: entrar con metralleta, hacer un boquete en el muro o convocar una guerra civil.

En caso de guerra civil ejecutan a los prisioneros. Prefiero el agujero. Así los presos salen como aguas negras.

Eugeniusz se cubrió la cabeza con la capucha y se ató el ceñidor. Hay que hacerlo de inmediato. Si se pasa la borrachera volveremos a ser unos cobardes.

Yo prefiero ir a casa, dijo Mieczysław Fogg.

Ande amigo, vaya con dios, Ludwik le obsequió una botella. Gracias por la velada.

Los demás esperaron a que el barbero se pusiera la pata. Entonces salieron juntos.

Dejé mi carreta en la plaza Napoleón. ¿Adónde los llevo?

A la prisión de Mokotów.

Por esas cosas de la buena fortuna, caballo y carreta seguían ahí. En otra época los hubiesen llevado al gueto con la excusa de recoger cuerpos. La carreta saldría tirada por un par de hombres y a quién le importaba que el caballo no fuera kósher.

Los cuatro abordaron. Tomaron por Moniuszki y de ahí a la izquierda, por Marszałkowska. Antes de cruzar la avenida Jerozolimskie, el barbero señaló el hotel Polonia. Ahí trabajaba yo.

Sí, ya me lo dijiste. Ludwik le dio una palmada en la nuca. Pero no te creo.

Kazimierz se quedó mirando el caparazón de la estación de trenes. Desde su inauguración le había parecido tan desabrida que le gustaba más en ruinas. Al menos ahora expresaba algo.

El caballo avanzó por la noche con trote elegante. La brisa fresca fue adormilando a los pasajeros. Mas valía llegar pronto.

Al pasar frente a la tienda de rapiña, Kazimierz la recordó saqueada. Sin duda había sido un acto de las autoridades. Podría echarles a ellos la culpa del reloj que perdió en la apuesta, la joyería y los billetes que se robó. No del reloj de Sirota, pues ese pensaba portarlo ostentoso siempre en su muñeca izquierda.

Más brío, compañeros, vociferó Eugeniusz. Hoy es noche de fuga.

Torcieron a la derecha en Rakowiecka y fueron bajando la velocidad hasta detenerse en el número 37. Ante ellos se erguían los muros discretamente iluminados.

¿Alguien trajo un Howitzer o un ariete?

El barbero puede agarrar el muro a patadas.

Eugeniusz, de seguro tú conoces algunas coplas que derrumben por igual las murallas de Jericó y las de Mokotów.

Me parece que harían falta trompetas y laúdes.

Un guardia se aproximó con el arma desenfundada. ¿Qué hacen ahí?

Nada, señor, dijo el barbero. Ya nos íbamos.

Azuzó el caballo y pronto estaban a dos calles de distancia.

Que nadie diga que no lo intentamos.

A mí todavía me tiemblan las piernas, dijo Eugeniusz.

El novelista pensó en tantos otros destinos que pudo tener su novela. Aquella tienda de rapiña estaba repleta de hurtos de los soviéticos. ¿Por qué no habrían ellos de tener su obra maestra?

Si uno sigue el curso del Volga, desde su origen en la meseta de Valdái hasta donde se lo permita el Partido, habrá de encontrarse una noche con la ciudad sólida y progresista que lleva el nombre de Stalingrado.

El crimen pasional del capítulo cuatro sería un crimen de Estado. Allá sobraban los escribanos que dominaban el arte de corromper textos. Un beso entre dos amantes lo convertían en dos camaradas estrechándose la mano; una cantilena de borrachos en un himno de obreros; una infidelidad en una traición. No tendrían problema en remplazar su Vístula por el Nevá o el Volga o el Don, y Varsovia por Leningrado o Stalingrado o Rostov. Ríos y ciudades les sobraban. Mi obra maestra se volvería un panfleto del realismo socialista. Ante esa posibilidad prefería ver su novela en manos alemanas, así llegara el crimen pasional luego de seis páginas de disquisiciones acerca de la prevalencia de la razón sobre el impulso. Y una vez entrado en especulaciones, pensó que un judío pudo llevarse la novela bajo el brazo a la Argentina. Entonces hablaría del Río de la Plata y Buenos Aires. Su heroína sería inevitablemente una muchacha de Lublin a la que llevaron con promesas de matrimonio para luego prostituirla en el nuevo mundo. La única bondad era que, en manos de un judío, su crimen pasional sería un crimen pasional.

El novelista metió en el rodillo de la máquina un aviso para cierta asamblea de trabajadores. Ajustó los rotores y comenzó de nuevo a escribir su novela. Terminó el primero y único párrafo. Ya le estaban cansando sus propias palabras, el curso del Vístula. Fue a la ventana sin leerlo. Allá al fondo, por la calle Targowa, pasaba una marcha. Cientos de personas gritaban consignas. Por delante llevaban una pancarta que abarcaba media calle. El novelista no alcanzaba a distinguirla. Se preguntó qué habría escrito su máquina. El contingente continuó su avance hasta perderse de vista. Tenía que ser de apoyo al gobierno, de lo contrario los estarían persiguiendo con piedras y palos.

Volvió a su escritorio, a su máquina. Sacó la hoja y leyó en voz alta:

Los pasos se fueron alejando. El olor a pólvora embriagaba. Por la angosta abertura de la puerta entraba un rayo de luz y salía un hilo de sangre; tan brillante que debía ser de sol, tan púrpura que debía ser de ella.

No lo reconozco, el novelista regresó a la ventana, pero hay tantos miles de miles de libros que no he leído.

Los marchistas habían esparcido algunos volantes que ahora retrocedían con el viento por la calle. Era papel fresco, limpio. Si salía a recogerlo podrían considerarlo un reaccionario que pretende ocultar la propaganda oficial.

Un rayo de luz. Un hilo de sangre. El texto podía venir de algún oscuro escritor húngaro. Metió en un cajón la hoja recién escrita. Ya tendría tiempo de buscar a su verdadero autor.

Sólo en la madrugada, mientras daba vueltas y vueltas en el jergón, se le ocurrió que pudiese ser el desenlace del capítulo cuatro.

Alguien tocaba con insistencia la puerta, zangoloteaba el tirador. Kazimierz quería que se largara. Se ocupó en mirar las manchas de la pared hasta que al fin cesaron los golpes. Cuánta descortesía. Bastaba llamar dos veces para comprobar que el piso estaba vacío o el inquilino deseaba no abrir o prefería seguir durmiendo. La puerta era gruesa, de dos hojas y doble cerradura. Alguien seguía allá afuera. Unos pies se arrastraban ligeros, sin duda de mujer. Los pasos bajaron las escaleras hasta el rellano; volvieron a subir. Pasaron unos segundos y se deslizó un papel por debajo. Los pasos se marcharon.

De vez en cuando Kazimierz revisaba el buzón. Nunca había llegado una carta personal. Mera correspondencia dirigida a Estimados Señores o Queridos Residentes. Ahora tenía ahí en el suelo un mensaje que debía de ser muy personal. Lo recogió y fue a la habitación.

¿La viste?

Apenas la espalda, dijo Marianka. Tomó hacia la izquierda.

Eres mujer. Sabrás decirme algo más.

Unos treinta años, buena figura, sombrero de aureola, tacones sin tapas, vestido gris elegante, aunque gastado. Pero no pude descubrir lo que quieres saber.

De eso no tengo duda. Kazimierz le extendió la nota a Marianka.

Ella la miró un rato y la devolvió. Hay un número. Supongo que es una dirección. Lo demás no lo entiendo.

Kazimierz alargó el brazo para observar el recado.

Sí, se distingue un 153 o un 351. ¿Cómo escriben ellos los números?

Igual que nosotros, creo.

Anoche conocí a un hombre sin pierna. Dijo que una tal Marianka se la había cortado.

Hubo muchas piernas amputadas, hay varios hospitales y mi nombre no es solo mío, pero las enfermeras no nos encargamos de trozar a nadie.

Te enamoraste de un hombre sin dedo. Uno sin pierna ha de enloquecerte.

Afuera pasaba un auto a gran velocidad. Frenó en seco. Puertas que se abren. Discusión. Un forcejeo. Las puertas se cierran y el auto vuelve a arrancar.

Kazimierz hurgó entre su ropa sucia. Sacó la mercancía que había robado y la echó sobre el colchón: un collar, un anillo, unos aretes.

Anda, muchacha, elige algo.

¿Los robaste?

Son cosas sin dueño.

¿Tal como el departamento?

Kazimierz volteó hacia el recado en yídish, luego hacia la pared con la fotografía. Había pasado suficiente tiempo para suponer que no volverían Kasia ni Gosia ni sus padres. Hambre, gas, frío, fuego. Lo mismo daba.

En cierta ocasión Kazimierz tomó un directorio telefónico, la última edición antes de la guerra, para buscar los nombres de quienes hubieran vivido en su edificio. No había aparato en el departamento, sin embargo brotaban cables de una pared. Eran más de quinientas páginas que debía revisar hasta dar con todos los posibles inquilinos. Empezó por la letra A. Para cuando se topó con el doctor Aronson, oculista, orondo en su dirección de Nowolipki y un teléfono de cinco números, le había atacado una jaqueca monumental. Tachó el nombre.

Nadie nunca más te va a llamar.

Miró detenidamente la página. El directorio quedaría actualizado si se sustituía buena parte de los números telefónicos por fechas de defunción.

En algunos meses o años la ciudad volvería a tener una red telefónica. ¿Quién respondería al número que una vez fue de Aronson?

Marianka manoseaba las joyas. Kazimierz descolgó la fotografía.

¿Tú matarías a unas niñas como estas?

Nadie lo haría. Primero las rapan, luego pasan hambre, les corre un año en cada semana. Cuando las matan, ya no son niñas como estas.

¿Qué te gusta más? ¿Los aretes de perlas? ¿O prefieres el collar?

Marianka dejó las joyas y se dio la vuelta.

Kazimierz le tomó la mano y le ensartó el anillo. Ella fingió resistencia con ojos sonrientes.

Piotr te promete una sortija; yo te la doy. Él te promete volver; yo estoy aquí.

Marianka contrajo la mano. Toqueteó el anillo con los dedos.

El hombre sin pierna, ¿cómo es?

Lleva pata de palo. Es barbero.

Dile que se ande con cuidado. Están deportando personas así.

¿A Siberia?

Se los llevan a los territorios recuperados. Al principio estaban bien las calles de Varsovia con cojos y ciegos, eso demostraba que por aquí pasó un enemigo cruel. Ahora el gobierno quiere dar la imagen de que todo se repara. Esa gente sale sobrando en una capital moderna.

¿Qué le hicieron a la pierna de mi amigo?

Lo mismo que a un dedo o un brazo. Se tiran, se queman. Pero esta fue distinta a la otra guerra. Esta vez se usó más la penicilina que el serrucho.

¿Qué hay del monstruo que construían los nazis?

Marianka se echó a reír. ¿Lo crees?

Sale sobrando lo que crea. La versión de los miembros incinerados no es muy útil. Le diré al barbero que hablé con la misma Marianka que él conoció. Que su pierna derecha acabó en un laboratorio en el sótano de la universidad y la cosieron como izquierda del autómata.

Me bastaría que ese autómata tuviera un dedo de Piotr para amarlo toda la vida.

Kazimierz imaginó a ese monstruo de diez humanidades saboreando el cuerpo asustado y dispuesto de Marianka. Se preguntó qué parte de ese ensamblaje quisiera ser. El espectáculo sería tan grandioso que optó por los ojos, a pesar de que en el amor son la única parte del cuerpo que nunca participa. Son meros testigos si no se cierran.

La noche del lunes, el capitán Bojarski contó los cuentos de la princesa Ładna y el de la bruja Babka; el martes hizo un estupendo resumen de *Pan Tadeusz* en media hora y el miércoles relató la historia del obispo Stanisław. La escena preferida de todos era en la que el rey Bolesław se presenta a media misa para matarlo. Ahora mismo vas con tus intrigas al infierno, dijo Bojarski como si lo hubiese dicho el rey Bolesław Segundo el Cruel, el Temerario. Empuñó la espada y avanzó entre los fieles inmóviles, que no tomaban partido entre el reino de este y del otro mundo. Un hombre se persignó a la derecha de Feliks; los demás vitorearon cuando la regia espada se hundía en la carne apostólica y romana y la cortaba en pedazos que fueron a parar a una pileta. No es que no fueran creyentes, sino que más creían en las armas. Afuera, un guardia golpeó la puerta con la mano abierta. No se supo si quería imponer silencio o esa era su forma de aplaudir. Por obra de magia, los trozos del obispo se fueron reuniendo hasta armar de nuevo el cuerpo, sin que esto signifique que el hombre resucitó, y cualquiera que lo viera supondría que murió apaciblemente ahogado.

Eso le pasa a los soplones, masculló un hombre mientras encendía un cigarro.

Otro le dio a Feliks una palmada en la nuca.

Cualquier cosa que supiera sobre ustedes, dijo él, la habría confesado en el primer interrogatorio. El asunto es que no los conozco.

A insistencia de Feliks, la noche anterior el capitán Bojarski había contado la fábula del oso goloso. Los demás protestaron. No les atraían los relatos de animales. ¿A quién le despertaban apetencia los besos de dos osos? De nada sirvieron las explicaciones de Bojarski, quien aseguraba que ningún cuento era sobre animales. El oso goloso representa a cualquier humano que…

Le dijeron que no estaban para alegorías. Nos gustan los cuentos de bellas princesas porque son bellas princesas. Al diablo si una representa la bondad y otra la envidia.

Esa noche les dio a elegir entre dos relatos. "Las muchachas de Wilko" y "El bosque de abedules".

¿Cuántas muchachas son?, preguntó uno.

Cinco, dijo el capitán Bojarski.

Seríamos unos idiotas si preferimos unos árboles que cinco jugosas damas. Se acomodaron en círculo con la veladora en medio y se fueron pasando el vaso con agua.

La guerra había terminado años atrás, entró en escena la voz del capitán Bojarski. No ésta, sino la anterior. Habló de un tal Wiktor, triste por la muerte del más cercano de sus amigos. Tras el consejo de un médico, deja el empleo y viaja a la propiedad de unos parientes. Tiene quince años sin verlos. Su manera de contar era seductora, como siempre; sin embargo, la historia no parecía avanzar. Wiktor camina y camina sin llegar a su destino. Recuerda la guerra, a un hombre ejecutado, mira los pájaros, las plantas, se pregunta si es un viejo a los cuarenta años. Sigue caminando.

¿A qué hora aparecen las muchachas?, protestó alguien.

Estoy un poco distraído, se disculpó Bojarski.

En el pasillo se escuchaban pasos y tintineo de llaves.

Para no impacientar a sus compañeros, reanudó el relato justo cuando Wiktor llega a la propiedad campestre y escucha a varias mujeres que hablan al mismo tiempo.

La puerta de la celda se abrió de repente. Dos uniformados echaron la luz sobre Bojarski. Acompáñenos.

Él miró la vela encendida. Volvió a la narración.

Wiktor fue recibido por una maraña de mujeres que lo abrazaban y besaban. Aquí eres una leyenda, querido Wiktor, no paramos de hablar de ti.

El más corpulento de los uniformados tomó al capitán de la cintura del pantalón. Lo obligó a incorporarse y lo sacaron a empellones. Bojarski ya no se resistía.

La puerta se cerró de golpe. La corriente de aire sacudió la flama, que se mantuvo encendida.

No era muy interesante esa historia, dijo uno.

De seguro iba a ponerse mejor.

Tenía quince años sin verlas. Se le echan encima con abrazos. Para mí que son un montón de solteronas.

Yo hubiera preferido el cuento de los abedules, Feliks se fue a acostar. Seguro había un bosque con hechiceras y caballeros.

Alguien apagó la vela.

Nadie escuchó los gritos del capitán Bojarski.

Kazimierz y Eugeniusz se sentaron sobre un trozo de barbacana. Atrás de ellos corría el Vístula cada vez más frío. Delante se amontonaban toneladas de materiales que un día fueron la catedral de San Juan. Por costumbre los fieles se santiguaban al pasar por ahí.

El cura tenía otra vez su traje de capuchino. Su predilecto. La gente esperaba bondad de un franciscano y sermones de un jesuita; en cambio, un capuchino inspiraba temor y respeto. Tomó el libro de Copérnico y pasó las primeras páginas echándoles apenas un vistazo. Son prólogos, cartas, disculpas y justificaciones, dijo. Vayamos a la carne. Comenzó a leer y de inmediato olvidó que su función era la de traductor. Se puso de pie sobre la barbacana y pronunció el texto en latín a gran voz. Lo incitaba la nostalgia de aquellos años en que le permitían oficiar. En ese entonces, cientos de personas permanecían en un respetuoso silencio que acaso rompían para carraspear o toser sin necesidad. Él era un domador de bestias que les indicaba cuándo sentarse o arrodillarse o ladrar o pararse en dos patas.

Algunas personas se detuvieron a escuchar, seguras de que el *De revolutionibus* era una Biblia. Antes que nada, señoras y señores, hijos míos, he de advertirles que el universo es una esfera, pues esta es la forma divina, perfecta. Pasaba la página, leía un poco y volvía a su prédica. Más allá de los cielos, no hay nada, ni espacio, ni vacío. *Non locum, non vacuum.*

Amén, dijo alguien y elevó los brazos.

No escuchen a quienes aseguran que hay mucha más agua que tierra, ni duden de la redondez de nuestro planeta, pues el arco de un círculo perfecto es el que esboza cuando eclipsa a la luna. *Non igitur plana est terra.* No es plana ni cilíndrica ni hueca, como dijeron los sabios del pasado. Hoy saben ustedes más que Heráclito o Demócrito y tantos otros pensadores, porque no les cabe duda de que la tierra es, ovejas mías, *rotŭditate absoluta*.

Aleluya, clamaron dos mujeres.

Kazimierz se acercó a Eugeniusz para susurrarle al oído. Cállate, imbécil. Si compartes la información con el vulgo, cualquiera me robará la cátedra de astronomía.

Pueden ir en paz, Eugeniusz hizo la señal de la cruz. Sus faltas les han sido perdonadas. Una anciana le besó las manos. Algunos miraban hacia las alturas con más fe de la que tenían cinco minutos atrás.

Luego de que se hubo alejado el último de los fieles, Eugeniusz erró un puñetazo.

¿Tenías la intención de golpearme?

Por primera vez en años me atendía una concurrencia. Sus almas estaban en mis manos, y tú rompiste el hechizo.

Les hablabas de los astros, no de cosas santas. Si lo que quieres es un público, aprende a tocar la cítara.

Eugeniusz le regresó el libro. Ahora nada podrá evitar tu destino de conserje. Peor que el fuego del infierno será el *halitus cloacarum* de las letrinas.

Kazimierz pudo verse con una toga antigua. La directora de la escuela le da una escoba y lo empuja hacia un cuarto oscuro. La puerta se cierra con tres candados.

Ayúdame, padrecito, no quiero la existencia de un conserje.

Desde diversos puntos de la ciudad llegaban golpes de martillos, picos, espátulas. Varsovia era un bosque en el que trinaban pájaros de piedra.

Fueron al puente Kierbedzia y recorrieron el breve tramo que había quedado en pie. Se sentaron en el filo, con el río a distancia de un osado clavadista.

Esto ya no es puente sino pasarela de suicidas.

A mí no me espanta la altura, sino el agua helada.

Trescientos metros adelante, se alzaba el otro tramo del puente, el que partía del distrito de Praga.

Eugeniusz abrió el libro. Habló de esferas, espacios y vacíos. El mar y la tierra. El movimiento eterno y circular. Cometas que van, vienen y chocan con lo primero que se les atraviesa.

Mi querido monje, dijo Kazimierz, lo que tiene el cielo es una parranda sin fin. Saca el vodka bendito de tu mochila.

Unos tragos alcanzaron para extirpar la tierra del centro inmóvil del universo y darle un empujón, ponerla en marcha alrededor del sol. Kazimierz se aferró a una varilla del puente al comprender que viajaba a velocidad descomunal por el firmamento. Allá pasaba Marte. A lo lejos los seguía Saturno. Al fondo, una cortina estelar eternamente cerrada. Prohibido el paso.

Cuidado con Mercurio, capitán Eugeniusz, que viene directo hacia nosotros.

Aceleraron para evitar la colisión.

Se dirigieron amantísimos hacia Venus. Le lanzaron besos. Eugeniusz se arremangó el faldón. Lucero del alba, le gritó, regálame tus caricias.

Bebieron y leyeron hasta que anocheció, hasta que Eugeniusz ya no pudo distinguir entre la luna y el sol, el círculo y el cuadrado. En un par de horas habían recorrido millones de kilómetros por el cosmos en condiciones de temperatura y falta de oxígeno que hubiesen liquidado a cualquiera.

Mirando las estrellas allá arriba les era fácil creer en dios; no el que castiga o perdona, no el padre ni el hijo, no el que destruye pueblos y envía pestes, no aquel del que tantas sandeces se dicen, sino el de los cielos y la tierra, de la luz y las tinieblas, el dios de la mañana y tarde del primer día.

Monseñor de mí, Kazimierz abrazó a Eugeniusz, bastan los cinco primeros versículos del Génesis. Lo demás, si codicio a una mujer, me como un puerco entero, me robo unos relojes o tengo los pies sucios, son cosas que a mí sólo me incumben.

Bienaventurado eres, Eugeniusz le besó la frente, porque esto no te lo reveló carne ni sangre, sino mi padre que está en los cielos.

Las estrellas se reflejaban en las aguas del Vístula con tal nitidez, que cuando Kazimierz arrojó la botella vacía, tuvo la certeza de haberla enviado hacia esas constelaciones que presagian el amor y la muerte.

Feliks conoció a Olga cuando ambos eran niños. Ella se había mudado al mismo edificio, dos pisos arriba, y tenía en casa una copiosa biblioteca. Leían historias con ilustraciones de castillos, caballeros, princesas, ancianas malvadas y bondadosas; cuentos sin dioses ni iglesias ni sacerdotes. El bien venía del amor. El mal brotaba por los celos. En una de tantas, cuando una joven con rizos de miel y piel de alabastro se casaba con un príncipe, Olga cerró el libro.

¿Nosotros nos vamos a casar?

Para Feliks la pregunta salía sobrando. Era obvio que sí.

En esos cuentos aparecían con frecuencia palabras mágicas que invocaban a seres malignos o hadas madrinas, que convertían príncipes en lagartijas o lagartijas en príncipes. Y entre tantas fórmulas para hacer y deshacer conjuros, ocurrió un accidente. Olga pronunció una maldición sin darse cuenta.

A esa conclusión habían llegado para explicarse un asunto que vino a volverse patente: Feliks no parecía sufrir el paso del tiempo; en tanto a Olga se le fueron abultando las carnes, la cabellera se endureció, le brotaron canas, la voz tenía algo de amargura.

Cada hechizo de los cuentos tenía modo de deshacerse. Bastaba con hallar a la bruja buena del bosque.

Olga cumplió los quince años y para entonces ya era normal que la llamaran señora en un encuentro ocasional. ¿Qué va a querer, señora?, le decía la despachadora de la tienda. Y si ella pedía que le llamaran señorita, sólo acababan viéndola como una solterona.

Le propuso a Feliks que volviesen a leer todos los libros que ya conocían; sobre todo aquellas lecturas de la época en que ella empezó a cambiar. En una de esas páginas podrían encontrar el infortunado anatema. Volver a pronunciarlo, anularía sus efectos. Feliks accedió con gusto. No es que creyera en revertir el tiempo, sino que sería un placer escuchar de nuevo esos relatos.

Después de casados y durante la guerra, seguía siendo costumbre de pareja contarse un cuento; costumbre que se fue disipando hasta cesar por completo poco antes de la insurrección. Olga interrumpió un relato justo cuando cierta princesa viajaba en el lomo de un cisne gigante.

Ya estamos grandecitos para esto.

No pares, dijo Feliks. Si la princesa no llega a tiempo…

Y nada de contarles cuentos a los niños. Olga se arrebujó en las cobijas y pronto estuvo roncando.

A ella la guerra le venía pesando mucho más que a su marido. Su cabellera, su piel y, sobre todo, la añoranza en su mirada causaron que en varias ocasiones los nazis la arrestaran y la llenaran de preguntas y amenazas de deportación.

Estos años nos desgastaron a todos, le dijo a su marido una vez, mirándose al espejo. Nada hay de anormal en mí. El embrujo lo tienes tú.

Él asintió de mala gana. Aceptó que no serían felices para siempre.

Y sin embargo, de tanto en tanto se llenaba de insomnio y esperanza. Entonces tocaba la espalda de su mujer y le pedía un cuento.

El de la lechuza ciega, Olga.

El del caballero negro.

El de la reina enloquecida.

Nada.

Ella se quedaba tan inmóvil y muda como una princesa embrujada.

Esa noche no había vuelto el capitán Bojarski. Feliks le picó la espalda a otro de los presos.

¿Qué quieres?, bufó el hombre.

Feliks volvió a su tendido junto a la puerta. Tenía miedo. Quizás acabarían por perdonarle el asunto del radio. Al fin les constaba a las autoridades que nunca envió un mensaje indebido. Pero estaría perdido si entraban a su tienda. Encontrarían la máquina Enigma en la bodega. Vendrían las acusaciones de espionaje, de traición, las torturas y su ejecución.

Necesitaba con urgencia un cuento en el que sólo los rufianes terminaran en un calabozo.

Zipókates roli, dijo en un susurro. Rimofia kerma.

A veces se inventaba palabras mágicas para convertir a su mujer en lo que fue. Tras abundantes fracasos, vino a preguntarse si desde el principio, cuando se encontraron por primera vez, Olga era ya una vieja transformada en una hermosa niña y ahora simplemente había vuelto a su estado natural. Entonces no tenía que deshacer un hechizo, sino crearlo.

Eran ideas de insomnio.

Con la luz del día no tenía inconveniente en abrazar a esa matrona que le había dado dos hijos ni en pasear de la mano con ella por las calles y llamarle con orgullo mi mujer.

Ahora el insomnio lo puso a buscar combinaciones alfabéticas, no para aparecer una mujercita de negras trenzas, sino para desaparecer la máquina Enigma o siquiera convertirla en una vulgar máquina de escribir con la que algún novelista pusiera en papel la historia de dos niños que se contaban cuentos.

Y reían

Y soñaban.

Y se amaban.

La carreta se estacionó en Dzielna. ¿Por qué aquí?, Ludwik no percibía nada especial en ese sitio.

Es el lugar más pacífico de la ciudad, dijo el barbero. Estamos en pleno centro, pero no hay un cristiano en cientos de metros a la redonda.

La noche se había cerrado. Las nubes espesas avanzaban con lentitud. A ratos dejaban un hueco por donde bajaba la luz de una luna llena de otoño. Justo ahí, en una especie de punto medio de lo que fuera el gueto judío, la carreta parecía una barcaza a la deriva entre olas de piedra. Hacia el lejano poniente, se levantaba la torre de la iglesia de San Agustín como un faro sin luz. Al fondo de la calle, un túmulo de piedras marcaba el sitio del orfanato donde centenares de criaturas se habían congelado entre sus excrecencias congeladas. A la izquierda había un marco de ventana sostenido con piedras. Ahora cualquiera podía traspasarlo sin peligro. Antes había sido parte de un sexto piso. A esa altura se convirtió en el pasaje al más allá para decenas de hombres que eligieron saltar. No más hambre ni humillaciones, y pobre de aquel que a este final le llame suicidio. Al norte se asomaban los barrotes retorcidos de la prisión de Pawiak, que por igual enmudecieron los lamentos del Talmud y del Evangelio.

Aquí se respira más muerte que en el cementerio, suspiró Ludwik.

El barbero sacó una botella y la miró con cariño. Somos dos, dijo. El alcohol deprime cuando se está solo e invoca la nostalgia si se bebe en par. Apenas de tres en adelante hace llegar la euforia.

Los tragos se fueron dando y de vez en vez un rayo de luna atravesaba las nubes para recorrer el terreno igual que el reflector de un celador en busca de prisioneros en fuga.

Es verdad, dijo Ludwik. Hoy no tengo ganas de cantar, sino de recordar a un puñado de mujeres, hablar de una infancia que no viví.

El barbero soltó un latigazo al aire. El caballo dio tres pasos y se detuvo.

He rasurado rostros, pechos, espaldas, piernas de ciclistas. He cortado cabelleras de tantos colores como da la naturaleza, incluyendo las azules de tan negras y las ambarinas de tan blancas. He trozado bucles, trenzas y coletas. He arrancado cejas y pestañas, pelos de la nariz, de las axilas, de la punta de un pezón. Así me gano la vida, nada más con la pelambre. En otra época, mi estirpe era la de los cirujanos. Practicábamos sangrías, sacábamos muelas, abríamos vientres, tronchábamos cordones umbilicales. Sabíamos mantener el equilibrio de los humores. Ahora hay que tener un papel para hacer esas cosas, ir a la universidad. ¿Y todo para qué? ¿Acaso uno de ellos supo salvar mi pierna? Un carpintero iletrado me la hubiera serruchado igual.

Pasaron a la caja de la carreta. Ahí se sentaron con las piernas al aire. El barbero mecía la de carne y mantuvo quieta la de palo.

Aquí llevo cuanto hace falta para sacar una hernia. Navajas, tijeras, cuchillos, alcohol puro y de otros porcentajes. Sé hervir agua y esterilizar mis instrumentos. ¿Lo intentamos?

No tengo hernias. Ludwik tomó la botella de alcohol puro. Vertió un poco en su vodka. Pero me salió una verruga en la espalda. Respingó tras probar la mezcla de alcoholes.

Quítate la camisa y tiéndete.

En esa noche, en ese descampado de la ciudad, la orden parecía un llamado a la lujuria. Pronto Ludwik sintió que unos dedos le recorrían la espalda, para luego entretenerse en la carnosidad que le brotaba como un higo seco.

Ni la más enamorada de las mujeres te besaría esto. Hay que extirpar de inmediato.

Tengo miedo, murmuró Ludwik.

Da unos tragos. Mucho mejor que la anestesia.

El barbero tomó su maletín de médico; uno de esos que los médicos llaman maletín de barbero. Sacó tijeras y navaja. Miró ambos instrumentos sin decidir cuál utilizar.

¿Izquierda o derecha?

Ludwik pensó que la pregunta era política. Eligió las tijeras.

El barbero miró hacia arriba y tijereteó las nubes.

En cierta ocasión rapé a una mujer con plica polaca. Una medusa. Luego de diez años sin lavarlo ni peinarlo, su cabello había tomado vida. Corría sangre por él. Los médicos la habían desahuciado. No hallaron otra solución que arrancarle el cuero, dejarle el cráneo al aire. Y sin embargo estas manos, señor mío, estas manos que están a punto de extirpar tan horrenda verruga, supieron elaborar una mezcla en la que eché tantos ingredientes que nunca pude duplicarla, y con precisos lances de navaja fueron cayendo uno por uno los cabellos que eran lombrices que eran raíces que eran venas que eran cabellos.

El barbero pellizcó el brote de carne y acercó las tijeras abiertas al ras de la espalda.

¿Cerraste bien las puertas del cementerio?

Con candado, dijo Ludwik. ¿Por qué me lo preguntas en este trance?

Porque se te escapó un muerto.

Ludwik abandonó su dócil posición.

Por la calle Smocza, entre las dunas de escombro, venía un alma en pena. Toda vestida de blanco, un amplio velo que revoloteaba con más ímpetu que el viento. La luna lanzó sobre ella su luz. La fue siguiendo por el resto de Smocza y cuando torció por Dzielna hacia la carreta.

Si me pide el último aliento, se lo doy. El barbero abrió los brazos.

A eso viene, asintió Ludwik. Nos llegó la hora.

Yo pensé que sería de otro modo. En la cama o bajo las ruedas de un tranvía.

El espectro blanco se acercaba con prisa. Quizás flotaba, porque los senos escotados no mostraban los tremores que provocan los pasos.

La del tranvía es la muerte más imaginada, pero rara vez ocurre.

La aparición se detuvo ante ellos al mismo tiempo que la luz de luna.

Necesito vodka, dijo.

¿Y nos dejarás vivir para siempre?

Me acabo de casar y se terminó el trago. Tengo invitados.

Ludwik había llevado dos botellas para compartir esa noche. El barbero abrió un compartimiento en la carreta. Tenía nueve. Sus ahorros para comprar un cilindro giratorio de espirales blancas, rojas y azules.

La novia habló de un milagro, del amparo de los cielos. Pidió que la llevaran de nuevo con los suyos.

La carreta abandonó el ojo vigilante de la luna y avanzó por donde la novia le fue indicando. Cuando se aproximaban al destino, una música de acordeón señaló el rumbo. Ella besó en la mejilla a sus dos salvadores y se apresuró a buscar al marido. Algunas personas se acercaron y se llevaron las botellas. Incluso la del alcohol puro.

Ya nos saquearon.

Yo pensé que nos iban a invitar a pasar.

El barbero azuzó el caballo. No todos los días hacemos milagros. Somos el señor.

Dejó que el animal eligiera la senda. Este volvió sobre sus pasos a la calle Dzielna y se estacionó en el mismo sitio, donde aún los esperaba el resplandor del firmamento.

Es como si nada hubiera pasado, dijo Ludwik, salvo que nos quedamos sin alcohol.

Algo más cambió. El barbero extendió la mano para mostrar algo.

¿Qué es eso?

Tu verruga.

Ludwik tomó con asco el trozo de carne. Lo lanzó hacia los escombros y se frotó los dedos en el pantalón. Les resultó imposible ver que rebotaba entre las piedras y hallaba una vía hasta el fondo de un sótano, donde muy pronto una rata lo devoró.

No lo vieron, pero igual lo imaginaron.

Cayó en un sótano, dijo Ludwik.

Y una rata se está dando un banquete.

Ludwik se puso triste. Ese roedor era más amoroso con su carne que la más enamorada de las mujeres.

Kazimierz llevaba un par de horas acostado con los ojos abiertos. A su lado dormía Marianka. Echaba un silbido bajo al aspirar y otro agudo al exhalar. Afuera había relámpagos sin lluvia. Kazimierz prefirió imaginar que se trataba de un fotógrafo de la prensa extranjera. Tomaba fotos del edificio para decorar su nota: Aquí vivieron Kasia y Gosia con sus padres. Sus nombres eran falsos. Tanto como el crucifijo que colgaron en la pared. Aunque su destino haya sido el de millones, su historia debe contarse porque matar se vuelve un acto repetitivo, pero morir es siempre una novedad. Otra fotografía. El edificio se iluminó con el destello del magnesio. Mientras trepaban a Kasia y Gosia en un vehículo oscuro, un hombre se apresuraba a ocupar su piso, sus camas, y a jugar con sus muñecas.

Un hombre desalmado.

Eso es mentira, dijo Kazimierz. Aquí nunca hubo muñecas. Además, lo que hice está inscrito en la naturaleza. Un animal se marcha, y es otro el que ocupa su madriguera.

El periodista de la calle o de la mente de Kazimierz se preguntaba qué más incluir en su nota. ¿Cómo hablar de la muerte cuando se tiene apenas la imagen de un edificio? La fachada luce huellas de violencia, algunas ventanas están tapiadas, ¿pero qué relación tiene eso con unas niñas que lloran? ¿Se debe hablar de fosas con cuerpos o de habitaciones vacías?

Quizá ya nos hartó la muerte.

Kasia y Gosia van tomadas de la mano en un vagón oscuro. Tienen frío. Las arrulla el monótono ritmo de las ruedas sobre los rieles.

Ya sabemos que los pasajeros van hacinados.

Que ahí dentro huele mal.

Que tienen una cubeta para todos.

Y acaso una ventanilla.

Eso se ha dicho hasta el cansancio.

Pero no conocemos la textura de las manos de Gosia.

Ni el color de las pestañas de Kasia.

No sabremos cómo se habrían convertido en mujeres.

Lo espléndido que hubiese sido hacerles el amor.

Morir con ellas, claro que sí, pero después de haber vivido.

Kazimierz se paró ante la fotografía en la pared y esperó el siguiente relámpago. Por un instante la negrura se transformó en resplandor. Ahí estaban Kasia y Gosia con sus padres. Él se metió por los ojos toda la trágica hermosura de las niñas. Una fracción de segundo le bastó para grabarse por dentro una placa en blanco y negro. Dos rostros infantiles, eternos.

Un relámpago más.

Sonrían, niñas.

Feliks despertó bien entrada la madrugada. Algo se escuchaba en el pasillo y no eran pasos de los guardias. Un objeto se acercaba rápidamente; luego se alejaba con lentitud. Tras varias repeticiones, Feliks vio que por debajo de la puerta entraba una arandela atada a un cordel. La tomó y sintió que alguien daba suaves tirones al otro lado. Advirtió que su ritmo correspondía a la clave Morse. Se ató el cordel en un dedo y comenzó la conversación.

Era el capitán Bojarski. Estaba encerrado en la celda al otro lado del pasillo. La explicación fue la habitual. A los interrogadores se les había pasado la mano. Lo tendrían encerrado en esa celda hasta que sanara de los golpes.

Feliks avisó a sus compañeros. Hubo contento por saberlo vivo. Le preguntaron por su estado. Casi muerto, respondió.

Si bien les maravilló el dispositivo de comunicación mediante ese hilo que sin duda provenía de una camisa pacientemente deshilachada, pronto se les agotó el tema de conversación.

Cuenta un cuento, pidió Feliks.

Difícil, respondió Bojarski.

Cuenta, Feliks dio unos tirones que amenazaban con romper el hilo.

Luego de unos instantes, volvieron las señales.

Dos hermanas bellas. La narración llegaba de modo telegráfico. Mayor morena. Menor rubia. Llega príncipe. Ellas deben recolectar frambuesas.

Feliks captaba las palabras e iba comunicándolas a sus compañeros.

Qué aburrición, dijo uno.

Del otro lado, ajeno al desinterés por su relato, Bojarski continuó enviando puntos y rayas sobre la suerte de las dos hermanas y su carrera en busca de frambuesas, pues el príncipe elegiría por esposa a quien más juntara.

¿Por qué no se fija en la forma de sus caderas o el tamaño de sus pechos?, reclamó alguien.

Rubia gana, llegó el mensaje de Bojarski. Morena no acepta derrota. Se aproxima tragedia.

Un guardia cortó el hilo. Continuó con su ronda sin decir nada.

El pasillo medía tres metros. Un abismo entre las dos celdas. Allá se habían quedado las dos hermanas y el príncipe, incapaces de contar su historia o de evitar su tragedia. Allá Bojarski seguía enviando señales sin destinatario, rayas y puntos, letras y palabras.

Por la ventana llegaron algunos resplandores. Los mismos relámpagos sin lluvia que iluminaban el edificio de Kazimierz.

Feliks comprendió que el cuento no se había interrumpido. Se había acabado.

Kazimierz conocía ese relato. La morena asesinaba a su hermana para robarle las frambuesas. Entonces se presentaba como la justa merecedora de los amores del príncipe.

Si eso era en el amor, ¿qué harían Kasia y Gosia para mantenerse vivas? ¿Cuántas veces estarían las hermanas dispuestas a aniquilarse con tal de sobrevivir? Gosia mataría cien veces a Kasia con tal de no correr la misma suerte. Le robaría el agua, la comida. La empujaría al gas, al fuego, a los perros, al foso. Apretaría el nudo.

Luego de tanto relámpago se escucharon truenos. Después vino la lluvia.

Un aguacero.

Kasia y Gosia escapan por entre la alambrada. El viaje a casa es largo. Una tendrá que comerse a la otra.

Dé un paso al frente la saboteadora. Gosia empuja a Kasia.

Kasia y Gosia son citadas para un interrogatorio. Gosia incrimina cuanto puede a Kasia.

¿Quién me robó el pan?, pregunta Kasia. Gosia niega con la cabeza. No abre la boca, no mastica. Deja que se disuelva entre lengua y paladar.

Vamos a ver, querida Gosia. ¿Quieres vivir? ¿Volver a casa? Tienes que volarle los sesos a tu hermana.

Le dan una pistola con una bala.

Puede matar a un nazi.

A sí misma.

A su hermana.

Errar el tiro.

Perdóname, Kasia.

Un trueno hace temblar las paredes. El viento se acelera y mete la lluvia por la ventana.

Kazimierz va a la cama. Abraza a Marianka. ¿Matarías a tu hermana?, le susurra. ¿Por un hombre, por un pedazo de pan?

No tengo. Ella se repegó a Kazimierz. Le venía bien un cuerpo cálido ahora que la lluvia había traído el frío.

¿La mataste?

Nunca tuve.

Bendita seas. No tienes a quien traicionar ni quien te traicione.

Kazimierz pensó en el momento en que Gosia habría de volver. Un golpe en la puerta y él abre. Te estaba esperando. Ambos se dirigen hacia la pared donde está la fotografía. Ahí sobran tres personas, dice ella.

Se toman de la mano y salen a recorrer las calles de Varsovia en busca de un fotógrafo.

Feliks da un puñetazo débil a la puerta que lo mantiene encerrado. Se enreda entre los dedos el hilo trunco que ya no lo enlaza con el capitán Bojarski. Él también piensa en las dos hermanas. En su historia no hay muerte ni traición, sino miles de frambuesas.

Le desearon bienaventuranzas a la señora Kukulska. Le lanzaron besos. La recordaban con esos tacones altos y vestidos ajustados y discretos sombreros mirando escaparates por la avenida Marszałkowska. Las conversaciones se interrumpían, la acera se llenaba de hombres que caminaban despacio. Su reflejo en las vitrinas era la imagen de aquellos tiempos bellos de antes de la guerra.

Ahora la señora Kukulska estaba en esa cripta que semejaba una pequeña capilla que se hubiera hundido a medias en la tierra. El centro lo ocupaba el amplio sarcófago en el que se habían cincelado figuras toscas de aspecto más militar que religioso. El nombre y la fecha de muerte se exhibían en una placa. Por gentileza, se incluía solamente el día y mes de su nacimiento. La estatua de una virgen triste y dos querubines desnudos acompañaban a la muerta.

¿Es cierto que su marido nunca la tocó?, Kazimierz echó un ramo de rosas que se robó de otra tumba.

Debe ser verdad. El barbero rascó el suelo con su pata de palo. Sólo una mujer intacta es más hermosa que una niña.

Los otros no hallaron verdad en esas palabras.

Se estaba bien en la cripta. Había espacio para sentarse. Una veladora bastaba para iluminar. Kazimierz se quedó mirando el burdo accesorio que el barbero llevaba en vez de pierna, y que parecía mostrar con orgullo mediante un pantalón recortado a la altura del muslo.

Mejor disimula eso, le advirtió. A los comunistas no les gustan los lisiados.

¿Quién de ustedes tiene una pierna que sirva de arma, martillo, arado, ariete y punzón?

El hombre es un diestro cirujano, dijo Ludwik. Me extirpó una verruga de la espalda.

¿Y cómo evoluciona la tajadura?

Sobre ruedas. Apenas un poco de comezón.

Obsérvala bien. Aquella novia nos quitó el alcohol y no pude desinfectarla.

Kazimierz besó a la virgen de piedra en los labios. Es una mujer joven, dijo, tersa, bien formada pese a haber alumbrado, incapaz de decir no. La original debió ser tosca, de manos ásperas, pero la tradición la ha convertido en esta muchacha fina y hermosa, si bien ni la mitad que la señora Kukulska. Dejó a María y fue al sarcófago. Se puso a acariciarlo. Sí, amada mía, lo que me resta de vida. Luego se volvió hacia sus amigos para anunciarles que esa misma noche habría de casarse con la mujer que yacía ahí dentro.

Padrecito, Kazimierz se llevó la mano al pecho, quiero que bendigas esta unión con el poder que te confiere la madre iglesia.

Eugeniusz no escuchó. Se había recostado sobre la escalinata de salida. Botella en mano, miraba las nubes que no tardarían en soltar la primera nevada del otoño. Se persignó cuando Ludwik lo estiró de las patas, seguro de que le había llegado la hora. Hágase tu voluntad, maldita sea.

Hijo de Satán, le dijo Ludwik, deja tus sueños y ven a oficiar misa.

Entre los cuatro desmontaron la losa. Les decepcionó hallar un féretro oscuro.

Así es mejor, Ludwik cató la solidez de la madera con los nudillos. Quizás Kukulska ya no sea la que conocimos.

Kazimierz se introdujo y ocupó el estrecho espacio junto al féretro. Eugeniusz hizo un resumen matrimonial con los primeros versos de las oraciones. Murmuraba votos y recomendaciones sobre el deber, el amor, la bendición de los hijos. Sólo pronunció con solemnidad el momento de las preguntas.

Señor Kazimierz Maksymilian Sierpiński, sobreviviente de mil batallas y morador del mundo temporal, ¿acepta usted esta alianza de la carne y el espíritu?

Acepto, en la vida y en la muerte.

Y usted, señora Kukulska, sueño y vigilia de los hombres, nacida un día como hoy y muerta el 17 de marzo de 1943, ¿acepta como legítimo esposo a nuestro buen amigo Kazimierz?

Luego de un largo silencio, habló el barbero.

Quien calla otorga.

Siendo que nadie expresó desacuerdo alguno, los declaro marido y mujer.

Hubo aplausos, brindis y parabienes. El barbero se quitó la pata y llenó con vodka el cuenco donde embonaba el muñón. El cáliz de madera resplandecía con la majestad de un santo grial.

A Ludwik lo invadieron los celos. Ojalá pudiera tener la fortuna de Kazimierz, que se llevaba a la mejor chica del pueblo para gozarla él solo. El propio Ludwik se había detenido incontables ocasiones frente a esa tumba, le había musitado palabras cariñosas, había cerrado los ojos mientras lamía el granito. Había soñado. Había rezado. Pero nunca se le ocurrió hacerla su genuina esposa. Ahora venía uno de sus amigos y se la quedaba para sí, sin siquiera cortejarla, sin obsequiarle bombones ni dedicarle las lisonjas que él le había ofrecido desde aquel marzo del cuarentaitrés en que la trajeron fría e inmóvil. Una preciosidad.

Dejemos solos a los novios, dijo el barbero.

Cuando deslizaban de nuevo la losa en su sitio, surgió de adentro un grito de Kazimierz. También brotaba el vapor de su aliento.

¿Qué quieres?

Déjenme una botella y vengan por mí mañana al amanecer.

La mano de Kazimierz salió de ultratumba para recibir la ofrenda. Luego desapareció y la losa tapó el sepulcro.

Esta noche la señora Kukulska no descansa en paz.

Siguieron bebiendo, ya sin conversación. Los oídos estaban atentos a ese lecho ardiente henchido de deseos.

Después de todo, el paraíso estaba en el subsuelo.

Se retiraron más allá de la medianoche. Comenzaba a caer una nieve afelpada que se derretía tan pronto tocaba tierra.

Quien estuviera despierto a esa hora, miraba por la ventana la caída de la nieve. Un padre llama a sus hijos; una mujer, a su marido; una viuda se prepara un té. El que duerme, se lamentará a la mañana siguiente por no haber atestiguado el prodigio. Nadie debe perderse la primera nieve del año. Ya vendrá el tiempo para fastidiarse del frío, del hielo, del lodo, los suelos mojados, los zapatos húmedos. Ahora, como cada año, hay que celebrar la primera nieve. Es la más blanca y tenue. Los árboles hacen reverencias. Los sonidos son otros; el eco, distinto. La caída de la nieve es más silenciosa que el silencio. Las calles se vuelven una ofrenda al sosiego, hasta que se rompa el hechizo con el primer caminante. Los pocos cristales de Varsovia se empañan con el aliento de los niños, que terminan dibujando nubes con sus índices. En las casas sin cristales se quita un tablón para que entren algunos copos. Los borrachos en las plazas alzan el rostro y abren la boca.

Santificada sea la nieve que nos vuelve niños.

La nieve nos trae júbilo con nostalgia con ternura con esperanza.

Al menos así ocurre con el hombre libre.

Algo distinto pasa en la prisión de Mokotów.

Feliks y otros presos se asoman por la ventana con barrotes de acero.

Los copos brillan con la luz de vigilancia. Cambian de dirección, se aceleran con el viento. Finalmente caen en el patio amurallado.

Los presos quieren gritar. Clamar su inocencia. Revolcarse en la nieve.

Hay cosas, señor, que nos están negadas.

¿Por qué los días felices se acaban?
¿Por qué se oxidan los juguetes?
Feliks se esfuerza por esconder las lágrimas.
Los presos más curtidos lloran sin pudor.

El novelista ya no quiere saber más de la máquina de escribir que le vendió o regaló Kazimierz. La mete en su caja y sale a devolverla. La noche anterior habían entrado en el edificio agentes de la policía secreta. Se pudo escuchar el forcejeo que venía del piso de arriba. Una mujer gritó. El novelista tomó un bolígrafo y escribió sus impresiones. Se llevan a Janusz. Lo están golpeando. Él se toma del barandal, le muelen las manos a puntapiés. Notó que, a diferencia de la maldita máquina, en el papel aparecían justo las palabras que él tenía en la cabeza. Lo normal era que la gente se dejara arrestar sin oponer resistencia. Este caso había sido distinto. La alharaca no terminó ni después de que el auto negro se marchara con su prisionero. Una mujer pasó varios minutos en el cubo de la escalera llamando a los vecinos, tocando a sus puertas, pidiendo ayuda. Nadie le respondió. El mismo novelista se mantuvo inmóvil mientras la escuchaba al otro lado de su pared. Entonces ella lanzó insultos. Cobardes. A ver quién les ayuda cuando se los lleven a ustedes. Un portazo y de vuelta el silencio. A la mañana siguiente todos pretenderían que de nada se enteraron. Los nazis nos dejaron exhaustos, escribió el novelista, de eso se aprovechan los rojos. Una mera frase que no cabría en ninguna novela.

Al descender las escaleras con la caja, el vecino de la planta baja le ofreció una carretilla. Tómela, le dijo, aquí estamos para ayudarnos. Devuélvamela cuando guste.

El novelista no estuvo seguro de si la carretilla había sido buena idea. A ratos le parecía más pesada que la propia caja y ahora estaba condenado a hacer el recorrido a pie. Además, luego de depositar la máquina en esa tienda de donde nunca debió salir, habría de cargar con la carretilla a todas partes. Así fuera a tomarse un trago o a pasear por los jardines Sajones. Si se encontraba a un amor de antes de la guerra, el armatoste con rueda los acosaría mientras recorrieran el parque Łazienki tomados de la mano o se tiraran sobre la hierba.

Prosiguió su marcha sin cuestionarse más. No existía ese amor de antes de la guerra y la hierba se ocultaba bajo una capa de nieve. Mientras cruzaba el puente sobre el Vístula, le vino una imagen. A medianoche, bajo una fría luz de luna, un hombre echaba a las aguas el cuerpo yerto de una mujer. ¿Era una idea o un recuerdo? ¿Venía de su novela o de cualquier otra novela? ¿Era necesario deshacerse del cadáver en el río? ¿O era un pretexto para hablar del reflejo de la luna sobre las aguas?

El novelista se detuvo a medio puente. Luego de millones y millones de asesinatos, con bala con gases con fuego con hambre con rabia con lágrimas, ¿a quién le iba a importar una mujer imaginada que flota sin vida en las aguas también imaginadas del Vístula a su paso por una ciudad inexistente que lleva el nombre de Varsovia?

Ven conmigo, le dijo Eugeniusz.

El novelista empujó la carretilla y lo siguió. Anduvieron por entre calles que cada vez tenían más autos, bicicletas y peatones. Ya no se veían prisioneros alemanes haciendo el trabajo de recoger escombro. Los habían llevado a Siberia para que se murieran en el trayecto, y los polacos se mostraron muy dispuestos a hacer las mismas faenas por el mismo plato de sopa.

Llegaron a Nowy Świat y de ahí se dirigieron a las ruinas de la iglesia de la Santa Cruz.

Nos acaban de reparar el confesionario, Eugeniusz palpó la madera maciza y oscura. Abrió la portezuela y se metió.

El novelista tomó el puesto del penitente. Ni uno ni otro hablaron por espacio de dos minutos. Eugeniusz golpeó la malla con la mano abierta.

¿Tienes algo que decir?

No.

¿Malos pensamientos? ¿Adulterio? ¿Envidias? ¿Deseos de venganza? ¿Avaricia?

Nada.

Entonces no sirves para novelista. Vete, y no escribas más.

Escuchó los pasos del novelista que se alejaban. Se disponía a seguirlo cuando surgió al otro lado del confesionario el clamor de una mujer.

Padre, yo me acuso.

Sí, hija, Eugeniusz hizo la señal de la cruz, cualquier cosa que hayas hecho ponla en un poema. Si tus versos son apenas buenos, estarás a la derecha del padre; si son maravillosos, es porque el demonio habita dentro de ti.

Salió detrás del novelista, pero no lo encontró. Con el frío los peatones se volvían una mezcla indistinguible de abrigos y sombreros oscuros, avanzando encorvados con prisa por llegar adonde fuera.

Frente a la iglesia continuaba estacionada la carretilla. Eugeniusz la condujo por media ciudad hasta el pie de su claustro. Tomó la caja y la colocó sobre su mesa. Al principio lo hizo para evitar que la robaran, mas luego comprendió que él mismo había sido el ladrón. El sonido del contenido era metálico, así que descartó que se tratara de botellas de alcohol. Lo sacudió e hizo una apuesta mental: dentro tenía que haber un arma. Soltó el broche y quitó la tapa.

En efecto, se dijo. El arma más poderosa del mundo.

El caballo paseaba desganado por Ujazdowskie mientras el barbero, Ludwik y Eugeniusz se arrejuntaban en la caja de la carreta para mitigar el frío de la madrugada. Bebían callados, temblando un poco entre la neblina.

De unos días para acá, Ludwik rompió el silencio, siento que me dan latigazos en la espalda.

No quieras excitarnos, dijo el barbero.

Es el arcángel Miguel. Eugeniusz alargaba las vocales para aumentar el vapor que salía de su boca. Viene a macerarte, quiere que expíes un pecado.

A ti que te escuchan allá arriba, diles que ya tuve suficiente.

Voy a hacer algo mejor. Ludwik se soltó el ceñidor. Te voy a latiguear hasta que te salga el demonio.

El caballo pasó frente al basamento donde antes estuvo la estatua de Chopin y continuó cuesta abajo por Belwederska. Ludwik se quitó el abrigo, se descamisó y, arrodillado, inclinado sobre el pescante, esperó el flagelo.

Arrepiéntete, pobre de espíritu, pecador de pacotilla, clamó Eugeniusz a gran voz y dio el primer azote. Arrepiéntete, sepulturero del infierno, marxista-leninista.

Señor mío, padre mío, ten piedad de mí, lloriqueó Ludwik y tomó una botella para darle un buen trago.

Maldito seas, Belcebú del Vístula. Eugeniusz latigueaba con ambas manos. Aquí será el lloro y el crujir de dientes.

Nada tengo contra las creencias de nuestro noble pueblo, intervino el barbero, pero a este impío no lo atormentan sus pecados sino una infección ahí donde le saqué la verruga.

Es verdad, Eugeniusz se acercó a la espalda inmolada. A leguas se ve que tiene una bola tumefacta.

Más me hubiese gustado tener el diablo por dentro.

Le advertí a mi paciente que debía lavarse y desinfectarse.

Temblando de frío, Ludwik se vistió de nuevo. Es imposible conseguir jabón y no voy a malgastar en la espalda alcoholes que mejor le van al cogote.

Hay que llevarlo a un hospital.

El barbero soltó una risa sin ganas. A mí me cortaron la pierna. A Ludwik le van a sacar rebanadas de espalda hasta que quede a la vista cómo se le inflan los pulmones.

Eugeniusz sacó su equipo de últimos ritos y roció agua bendita sobre Ludwik. El líquido fue una gélida bofetada. Acuérdate de nosotros, hijo mío, en el más allá.

Vamos a visitar a Kazimierz, propuso Ludwik. Vive con una enfermera. Ella sabrá decir si transcurren mis últimas horas.

El barbero agarró las riendas y se dirigió adonde le indicaron. Ludwik se recostó. Dejó que el cura le frotara la frente con ungüentos y murmurara oraciones en latín. Él respondía amén de manera aleatoria. Antes que óleos y rezos, hubiese preferido una flor.

El cura y el barbero esperaron frente al edificio mientras Ludwik subía en busca de ayuda médica.

Mi querido clérigo, dijo el barbero, voy a hacerte una tonsura romana que será la envidia de cuanto monasterio haya a la redonda. Hurgó en sus aperos. Sacó navaja y tijeras. El hábito no hace al monje, pero sí la cabellera. Aquí tengo en mis manos los instrumentos mágicos para convertirte en un san Francisco de Asís.

Adelantó un poco la carreta, hasta donde la luna le diera un poco de luz y comenzó a tronchar los cabellos. En un error de cálculo clavó la navaja y sacó a su cliente sangre de la mollera. Limpieza y alcohol, mi querido Eugeniusz. No quiero pensar lo que harían en un sanatorio si se te infecta la cabeza.

Hablaron de la guillotina. Luego de ahorcados. Fusilados. Tiros en la nuca. Eugeniusz comentó que prefería a los nazis. Con ellos podía hacer mi trabajo. Confesaba y bendecía a los condenados. En cambio, los comunistas lo hacen todo a escondidas. Para cuando se da con una fosa clandestina, las almas pueden llevar años en las tinieblas.

El barbero buscaba rapar un círculo perfecto, sin embargo el cráneo no era una esfera ni sus manos las de Giotto.

¿Por eso hicieron pacto con los alemanes?

Teníamos instrucciones de ayudar a los polacos contra los nazis, y a los nazis contra los bolcheviques, con toda la ambigüedad que eso implicara.

¿Y los judíos?

Según el cardenal Hlond, son vagamente polacos y habitualmente bolcheviques.

El barbero guardó su navaja oxidada. Roció un poco de vodka sobre el cráneo de Eugeniusz. Ahora podrás andar por el mundo haciendo prodigios.

Ludwik regresó oliendo a desinfectante. Esa Marianka es una mujer estupenda. Le propuse matrimonio, pero dice que está comprometida con un tal Piotr.

Es la misma que me cortó la pierna.

¿Y Kazimierz?, preguntó el cura. ¿Por qué no lo trajiste?

Ludwik se lanzó a succionar una botella. Marianka está preocupada. Dice que tiene tres días sin verlo.

Partieron con rumbo incierto. Por el oriente se insinuaba el resplandor de un sol cada vez más holgazán. En las calles había viandantes desmañanados, con las manos bien metidas en los bolsillos del abrigo. El cura se frotó su nueva calva con insistencia hasta darle un poco de calor. Tal vez fue eso lo que le trajo dos recuerdos. El primero tenía que ver con una monja. Estaba sentada junto a una mesa. Batía huevos. El segundo fue un poco más vago. Le llegó en forma de pregunta.

¿No fue hace tres días cuando metimos al bueno de Kazimierz en la tumba de Kukulska?

El barbero dio un fustazo al caballo. Corre, miserable, no como el viento, sino como un huracán.

En esa capital desmenuzada no existían las líneas rectas. Había que improvisar un zigzagueo entre vestigios, zanjas y túmulos. Cada uno de los tres ebrios tripulantes opinaba si izquierda o derecha o derecho. Se metieron en calles bloqueadas y se toparon con rieles retorcidos. Ida, vuelta, círculos y pasar por donde mismo. Por acá, decía uno y señalaba hacia el oriente. No, mejor por acá, respondía otro, e indicaba la misma dirección. Al fin, el barbero les pidió que se callaran. Él y solamente él era el almirante de la mar océano. Palpó las ancas de su caballo.

Llévame al otro mundo, amigo mío, allá donde los muertos.

El paso no fue veloz sino acertado. Eugeniusz se acomodó en la silla del barbero. Repartió bendiciones desde su trono. Estaba por demostrarse si su nueva cabellera a la Francisco de Asís le otorgaba el poder de hacer milagros. Ya se vería si sus manos y su palabra poseían un don venido del más allá. De ser así, pronto se esparciría su fama con mezcla de historia y leyenda. Con el paso del tiempo, se alzaría un santuario ahí donde ahora sólo había cascajo. Chasqueó los dedos y señaló con el índice cuanto objeto percibía. Se vio alterando las leyes naturales con el poder de su voluntad. Hágase esto, hágase lo otro. Cúrese este, enférmese aquel. Vislumbró un futuro en el que hordas de peregrinos viajaban a esta ciudad a pie o en carromatos o en burro o en andas o en volandas para adorar las sagradas reliquias de San Eugenio de Varsovia.

En el pasaje noventa del cementerio Powązki, la nieve que había caído sobre la cripta de la señora Kukulska se había convertido en hielo.

Al abrir un pequeño resquicio en el sarcófago de la señora Kukulska brotó el tufo de la muerte. ¿La cerramos otra vez?, preguntó alguien. Arrastraron la losa un poco más, hasta tener entera la imagen inmóvil de Kazimierz, arrejuntado al féretro de su consorte.

‐ Bonita luna de miel, dijo Ludwik.

El barbero tomó el tallo congelado de un crisantemo y picoteó las fosas nasales de Kazimierz. Lo mejor es poner la tapa de vuelta y tragarnos el secreto.

¿Desde cuándo unos borrachos saben cerrar el pico? Ludwik los miró con reproche. Deseaba poder echarle a alguien la culpa por el olvido.

Ser enterrado vivo, el barbero desmigajó el crisantemo, es el terror de todo hombre con mente sana.

Por la tronera se introdujo el sol de esa mañana. Alcanzó a notarse una mano de Kazimierz, despellejada por los puñetazos al granito. La frente también mostraba una llaga. La botella de vodka era escarcha de añicos.

Eugeniusz se puso a hablarle en arameo a una redoma de aceite. La besó y asperjó el contenido en el sarcófago. Levántate y anda, yo te lo ordeno.

Kazimierz abrió los ojos y alzó la cabeza. Hijos de puta, clamó con voz severa. Empezó a temblar. Se sentía drenado de toda fuerza, incapaz de escupir la cólera que había acumulado en esos días oscuros como la tumba.

Entonces fue evidente que el tufo que brotaba de la última morada de la señora Kukulska no era el de un cuerpo descompuesto sino el de uno que bien cumple con sus oficios.

Hubiera jurado que estaba muerto, dijo Ludwik por lo bajo.

De cierto os digo que lo estaba. Con ambas manos, San Eugenio de Varsovia sostenía en lo alto la redoma como un cáliz. Hoy es el tercer día.

Asieron a Kazimierz de los tobillos y de las solapas del abrigo. Lo depositaron un par de minutos en el suelo mientras reacomodaban la tapa.

Kukulska, murmuraba Kazimierz sin consciencia. La muerte es bella.

Lo tomaron por los hombros y lo arrastraron igual que a un torturado sin fuerzas en las piernas.

Hay que llevarlo con Marianka, sugirió Ludwik.

Lo echaron en la carreta. Eugeniusz se negó a acompañarlos. Tengo que volver con los míos.

Lo cierto era que estaba más allá de la embriaguez. Venía de resucitar a un muerto y estaba en éxtasis. Había sacado del infierno a un hombre, y eso no ocurría todos los días. San Eugenio de Varsovia, ruega por nosotros. A pesar del frío, Eugeniusz andaba sin sombrero y sin capucha, ostentando su beatífica tonsura. Por momentos quería dar la orden para que todo edificio derrumbado volviera al estado que tuvo en 1939, mas no quiso pecar de arrogancia, al menos no ahora, pues iba por una calle desierta, sin testigos para su hazaña. Tropezó con una piedra y cayó de rodillas. En la derecha sufrió un dolor punzante que lo mantuvo inmóvil por unos minutos. Se persuadió de que había sido un burdo accidente. Ninguna señal del más allá, no, señor.

Mientras recuperaba el movimiento de la pierna, comprendió que quienquiera que hiciese la crónica del magno evento de esa mañana habría de suavizar las primeras palabras del resucitado.

El santo miró a su alrededor. El sol brillaba perfectamente. El aire se respiraba. La sangre corría por las venas de los hombres. Las aves volaban con rumbo sur. Alguna madre estaría dando a luz en ese preciso instante. Un poeta componía el más hermoso de los versos.

Pequeñeces, se dijo Eugeniusz, y continuó su camino.

A Marianka le bastó con tocar el pecho de Kazimierz para darse cuenta de que se hallaba próximo a la muerte. Ludwik y el barbero estaban agotados. Lo habían remolcado por las escaleras hasta el tercer piso. Una vecina venía de bajada e hizo un mohín de asco.

A los borrachos habría que fusilarlos. El alcohol es un instrumento de dominación capitalista.

Sí, señora, respondió Ludwik y se quitó el sombrero, porque le vio a la mujer aspecto de funcionaria.

El cuerpo de Kazimierz ya no produce calor, Marianka le desabotonó el abrigo. Hace falta desvestirlo, y que otro cuerpo desnudo le transmita su temperatura.

¿No hay otra solución?

Aquí no hay bañera ni agua caliente, dijo ella.

Lo arrastró con prisa al colchón y le arrancó la camisa. Si Ludwik no conociera los antecedentes, juraría que estaba atestiguando una violación.

Ante la apatía de los dos hombres, Marianka se exasperó. Vamos, desnúdese uno de ustedes. Ludwik, anoche le curé la espalda, ahora le corresponde ayudar.

Mi querida Marianka, ¿con qué cara saldría yo a la calle luego de salvar de ese modo a mi amigo?

Ella le quitó a Kazimierz los pantalones con la presteza de una meretriz. Luego encaró a los visitantes.

No lo voy a hacer delante de ustedes.

Los arreó por el pasillo hacia la puerta. Cuando intentó cerrarla, el barbero atravesó su pata de palo.

Escuche bien, señorita. Si Kazimierz despierta hoy, dígale que lo trajimos hace tres días, que lleva aquí dormido todo ese tiempo. Si despierta mañana, súmele un día.

Al barbero le costaba más trabajo bajar escaleras que subirlas. Esta vez se quitó la pata postiza y brincoteó hasta llegar a la planta baja. Ahí se la acopló de vuelta.

¿Cómo lo haces?, preguntó Ludwik.

Es fácil de quitar y poner.

No me refiero a eso. Ludwik señaló hacia la calle. En esta ciudad se roban todo, pero tu caballo y tu carreta están siempre donde los dejas.

Supongo que es por la silla de peluquería. La gente no sabe interpretarla. Terminan por suponer que se trata de la carroza de un príncipe extranjero.

¿Me llevas al cementerio?

Siéntate en la silla y verás que hasta los políticos te saludan.

Avanzaron sin hablar. Cerca de la estación de Gdansk, Ludwik preguntó:

¿Estás pensando en lo mismo que yo?

¿Y en qué otra cosa iba a pensar? El barbero asentía con la cabeza, o quizás era el modo de seguir el ritmo del caballo. ¿Y dices que le propusiste matrimonio?

Sí, pero está comprometida con un Piotr.

Maldito Piotr. Maldito Kazimierz.

La carreta no pudo llegar hasta la puerta del cementerio. En la calle Powązkowska se habían instalado los vendedores de flores, veladoras, santos e incienso, los escultores y lapidarios.

Ojalá hoy toquen muchos entierros, Ludwik se apeó. Necesito distraerme.

Caminó por entre los comerciantes de la muerte. Le ofrecían sus productos creyendo que era un viudo. Aceleró el paso rumbo a la entrada del cementerio. No advirtió que entre ese enjambre se encontraba el novelista. Ofrecía sus servicios con un cartel.

Un poema para el difunto.

Unos versos para la madre que se fue.

Eugeniusz volvió al claustro y sintió las miradas burlonas de los seminaristas sobre su coronilla rasurada. Quiso recordar algún pasaje bíblico que los hiciera escarmentar, pero luego de una noche de alcohol y desvelo el cerebro no andaba muy ágil. Se preguntó cuánto tardaría en crecer una mata de pelo que anulara la tonsura; si habría de visitar al barbero al menos una vez a la semana o si existiría una pomada para mantener un lustre permanente. A él le gustaba su nuevo aspecto y le complació que sus poderes provinieran de un conjuro opuesto a la larga cabellera de Goliat.

Sólo después de dormir unas horas se le aclaró un poco la mente. Recordó un fragmento del antiguo testamento donde unos niños se burlan de la calva de Eliseo. En respuesta, el profeta les envía unos osos que descuartizan a cuarentaidós de ellos. ¿Cómo había de olvidarlo, si lo que más le seducía de la Biblia era su faceta como manual de represalias?

Seguía echado en la cama. Tenía la boca seca. Se debatía entre el deseo de beber agua y la pereza, las ganas de seguir ahí tumbado en la penumbra.

Se dio cuenta de que el cerebro quería jugarle una mala pasada. Los eventos de esa mañana, el momento en que Kazimierz abría los ojos, se le presentaron como parte de un sueño. Fue a su mesa. Ocurrió en verdad, se repitió, no lo soñé. Miró la máquina del novelista, pero no tenía papel en el carro, así es que tomó un libro de oraciones y en la última página escribió: Hoy resucité a un hermano. La letra era clara, la tinta negra había impregnado bien el papel. Lo escrito es eterno, se dijo. Volvió a la cama y le vino otro temor. Existía el riesgo de olvidar que en ese libro de oraciones había escrito su verdad. Arrancó la página y la ensartó en un clavo que salía de la pared.

Ahora sí podía dormir de nuevo, con la seguridad de que ni el alcohol ni el sueño le borrarían los recuerdos. Sonrió antes de perder la consciencia, justo cuando cayó en la cuenta de que el poder de Goliat no dependía del cabello, sino de la estatura.

Kazimierz despertó en una habitación vacía. Miró el reloj de Sirota. Se había parado a la una y media de la madrugada o de la tarde de hoy o de ayer o de antier, hora de Varsovia o de Nueva York. Le dio cuerda hasta el tope sin que el segundero se moviera ni se escuchara el tictac. Maldito aparato, le dio un par de golpes, ya se encordó. Sin embargo, le daba lo mismo que fuera cualquier hora. Kazimierz podía elegir el momento del día ahora que el reloj estaba tan inmóvil y silencioso como el propio Sirota. Primero decidió que fueran las once de la mañana con veintiocho minutos. En seguida pensó que prefería ser un animal para el que la jornada no se dividiera en horas sino en los meros estados de luz y oscuridad.

Se quedó tumbado en el colchón. Guardaba vagas emociones de su estancia en la tumba de Kukulska; también la sensación de un cuerpo cálido junto al suyo. Miró el retrato de Kasia y Gosia. ¿A quién iban a engañar, bonitas? Imposible con tanta melancolía en la mirada. Sus ojos pesan más que los falsos documentos, crucifijos en los que no creen, la asistencia a misas dominicales en las que movían los labios para fingir que se saben los cantos. Es hora de que vuelvan a su nombre original. Tú, Kasia, ¿cómo te llamabas? ¿Y tú, Gosia? ¿No quieren contestar? ¿Sus padres les pidieron que mantuvieran la boca cerrada? Muy bien, niñas, seguiré llamándolas Kasia y Gosia, pero han de saber que el nombre es lo de menos. Lo importante es que vuelvan a casa, con los suyos, de donde nunca debieron salir. Denme una señal, el nombre de la calle, el de un vecino. ¿Conocieron al doctor Aronson? ¿El oculista de la calle Nowolipki?

Con las uñas rascó los rostros de los padres hasta borrarlos. Se quedaron solas, niñas.

Kazimierz se encaminó a la puerta con el retrato bajo el brazo. Marianka estaba sentada en el suelo de la cocina.

Voy a devolver a estas niñas al barrio judío.

Ya no existe, dijo ella. Cuélgalas otra vez en la pared.

Él se echó encima abrigo y sombrero.

El barrio siempre estará ahí, aunque no quede piedra sobre piedra. Persistirán los gritos, las lágrimas, cada Kasia y Gosia y puño apretado y cada palabra que se encadene con otras para formar relatos infinitos. Podemos levantar otros edificios, cambiar el nombre de las calles, pero cada miseria de cada judío seguirá ahí. Y si no hemos de olvidarlos, más nos vale despreciarlos por cualquier razón o por todas, o acabaremos por comprender que el sufrimiento de un solo judío en el monte Calvario no fue nada comparado con lo que aquí se vivió entre muros y alambre de púas.

Marianka se inclinó para besar a las niñas.

Kazimierz salió sin cerrar la puerta.

Llegó a las ruinas del gueto por Elektoralna. Se acercó a dos hombres que juntaban el metal de unas básculas y balanzas estropeadas. ¿Saben dónde viven estas niñas? Ellos continuaron su labor sin molestarse siquiera en mirar la fotografía.

Cuando se edificaron los muros, la gente de fuera sentía curiosidad por saber lo que ocurría dentro. Se hablaba de que los enfermos o hambrientos se desplomaban a media calle y nadie hacía por levantarlos. Los niños les revisaban los bolsillos. Nadie espantaba las moscas. Y aunque el espectáculo exhibía todas las pasiones, conquistas y bajezas humanas mejor que cualquier clásico del teatro, se consideraba de mal gusto asomarse por sobre esas murallas de ladrillo, convertirse en un espectador que no sabría si llorar o aplaudir. Además, dentro había epidemias. Si metes ahí tus narices, le decía una madre a su hijo, puedes contagiarte de algo. La descripción a veces correspondía al pie de la letra con los efectos del tifus. En otras ocasiones era un padecimiento con síntomas insólitos. Crecían pelos en el ombligo, los testículos se volvían dos tomates, la dentadura se pudría, los ojos rodaban hacia dentro hasta atorarse en la garganta. Las madres buscaban asustar a sus hijos para que no se acercaran a los judíos. Unas lo hacían para evitar que los persuadieran de meter contrabando al gueto, otras porque en verdad el gueto estaba lleno de contagios, y unas más porque creían a pie firme en las cosas del libelo de sangre.

En vez de tomar por Solna, Kazimierz atravesó la montaña de piedras y fierros retorcidos para llegar a Leszno. Desde ahí continuó por entre los escombros. Se imaginó recorriendo las dunas de un desierto, y de inmediato remplazó la imagen por la de un mar atormentado.

Halló unos pupitres destrozados. Recordó la conversación de dos mujeres que tiempo atrás bebían a su espalda. Una habló con admiración de las escuelas que habían montado en medio del gueto, donde se enseñaba ciencias, artes, griego y latín. Muchos idiomas, dijo la otra, pero al final se gime igual que cerdo en matadero.

Kazimierz escuchó que también había una fábrica de juguetes. Eso sí le maravilló. ¿Qué clase de muñecas tristes y de cochecitos sin ruedas se podían elaborar en ese gueto? ¿Había una vitrina donde se mostraban estos esperpentos? ¿Niños que se ilusionaban con ellos? La mera idea de que entre esos muros hubiese gente que se diera tiempo para jugar o besarse le parecía un descaro.

Miró a Kasia y Gosia. ¿Tuvieron ustedes una muñeca de madera?

Marianka había besado a las dos. Kazimierz prefería a Kasia. Desde que comprendió que Gosia habría de ser la hermana asesina, su cariño fue para Kasia. Le acarició los cabellos de papel impreso, las mejillas también impresas. ¿De verdad aprendiste griego y latín? ¿Sabes cómo se mueven los astros? Yo tengo un libro que habla de eso. El sol está en el centro y todos los demás giramos igual que en un tiovivo.

Se detuvo en la calle Wołyńska, donde calculó que había estado el número seis. Aquí las voy a dejar, niñas. Aquí las arrullará por siempre la voz más sublime que cantó al dios de Abraham.

Ahí mismo los nazis habían provocado un incendio que atrapó al cantor Gerszon Sirota en el sótano. Del fondo salieron los más bellos gritos de espanto que ha escuchado el oído del hombre. Era la voz de Jehová que derramaba llamas de fuego, la voz que quebrantaba los cedros, que hacía temblar el desierto; la voz de la sangre que clamaba desde la tierra. David tomaba el arpa y tañía con su mano. Canta, Sirota. Y David y toda la casa de Israel danzaban delante de Jehová. Canta, Sirota, canta. Y Sirota cantaba o lloraba o gritaba o gemía o todo al mismo tiempo. Sirota era solista y coro a la vez. Por favor, señor, por favor, Jehová, alarga su agonía para que eche por la boca todo el sufrimiento y el reclamo de los hombres. Mas el grito canto alarido subsistió un fugaz medio minuto. O más, mucho más, si se cuenta el eco que estuvo rebotando por entre los muros del gueto toda la noche y por entre los recuerdos de los testigos toda la vida.

La historia de Kasia y Gosia sin duda tenía suficientes rasgos personales para relatarse en un grueso libro que precisamente se llamaría *La historia de Kasia y Gosia*. Incluso podría publicarse en sendos volúmenes. Si cada una hubiese llevado un diario, sus vidas paralelas se revelarían muy distintas. Nunca sería igual el mundo, los sueños y la muerte vistos a través de los ojos de Kasia que narrados por la palabra de Gosia. Pero si hasta esa fecha no había aparecido ninguna de las niñas en el piso que ocupaba Kazimierz, si apenas se había deslizado un mensaje en yídish luego de tanto tiempo, entonces debía suponerse que jamás volverían; aceptar que la historia de ambas había sido la misma que la de otra plétora de judíos. Ya no importaba si a Kasia le gustaba la rayuela y a Gosia la gallina ciega. Daba lo mismo si de verdad habían aprendido griego. Se había borrado cualquier vestigio de su infancia, de su yo. La suma de individuos era una masa. Ahora el relato de sus vidas era el relato de sus muertes. Iniciaba con un vagón para el transporte de ganado y terminaba donde ya se sabe que termina. Había que desechar aquel episodio sobre Gosia empujando a Kasia, suprimir toda especulación sobre el futuro, si una sería una puta, si la otra defraudaría al marido, o si ambas se volverían oculistas que engañan a sus clientes, porque todas las víctimas son buenas, por todas hay que llorar, y si una vivió más que la otra fue porque supo contener la respiración, y pobre de ella porque en esa situación más vida no es sino peor muerte.

Descansen en paz. Kazimierz se reconcilió con Gosia. La besó también.

En el seis de la calle Wołyńska halló un pasaje al sótano. La entrada era angosta. Hacia el interior no se veía nada. Hubo necesidad de encender un cerillo tras otro mientras bajaba por las derruidas escaleras. El lugar perfecto para dejar a las niñas. De vuelta en casa. De vuelta a la oscuridad. Recorrió el pasillo hasta donde el escombro le bloqueó el paso. Asentó a las niñas en el suelo frío, húmedo, sucio de hollín. Encendió otro cerillo para mirar por última vez esos rostros desamparados.

Hijas mías, hoy la única forma de creer en dios es creer en los hombres.

Quizás iba a decir algo más, pero el fuego le quemó los dedos. Tomó el camino de vuelta tanteando los muros. Al fondo percibía la luz de la entrada. Se detuvo y miró hacia atrás. Ninguna voz, ningún gemido. Tropezó con algo al reanudar la marcha. Tentaleó en la negrura y sus manos le dijeron que se trataba de un enorme trozo de carbón. Con lo difícil que era conseguir combustible para calentarse, no podía ignorar el ofrecimiento de la fortuna.

Se lo echó en brazos.

Una vez afuera, esperó al pie de la escalera a que oscureciera. Prefería recorrer la ciudad de noche con su preciosa carga. La luz del atardecer atraería a una que otra mujer. Deme un poco de su carbón, tengo un niño enfermo.

Carbón y vodka. ¿Qué otra cosa hacía falta para sobrevivir el invierno?

Una mujer.

Marianka, para ser precisos.

Kasia y Gosia se pusieron a llorar. Por caridad, señor Kazimierz, sáquenos de aquí, llévenos con usted.

Él mismo sabía lo que era estar en un sitio oscuro, frío, e ir perdiendo la esperanza. Cállense, niñas, les dijo, ustedes ya no son de este mundo.

Ellas no volvieron a hablar.

Cayó la noche. Kazimierz se retiró sigilosamente para no despertarlas.

Feliks se sentó en un banco de madera. Al otro lado del escritorio, su interrogador redactaba algo en un papel ancho y amarillento. Se oía el correr de la pluma. El hombre era zurdo y eso impedía a Feliks mirar el texto. Pensó que tal vez no escribía nada, puros garabatos para ponerlo nervioso. Al fin metió la hoja en un cajón y extrajo unos documentos.

No nos andaremos por las ramas, ciudadano Malinowski. Tengo aquí dos declaraciones. En una se confiesa amigo del Estado y en la otra, su enemigo. ¿Cuál quiere firmar?

Señor, la voz de Feliks fue de mujer. Trató de engrosarla, pero le salió igual. Señor, yo no tengo enemigos.

A Feliks le habían contado que el interrogador solía comer un suculento pollo mientras lanzaba preguntas. Se come la pata, le dijeron, porque es la pieza más sencilla de arrancar, llevar en mano y blandir cerca de tu cara.

El hombre deslizó una de las declaraciones hacia Feliks. ¿Quiere leerla?

Entre amigos no hace falta. Feliks cruzó la pierna, se palmeó la rodilla. Si un día reconstruyen el café Muza, me encantaría invitarle un pollo asado.

Puso firma, nombre y fecha en las tres copias. La última estaba casi en blanco. Habían utilizado un papel carbón muy gastado.

Se puso de pie y pidió permiso para marcharse.

Llévenlo a su celda, el hombre llamó a dos uniformados junto a la puerta.

Cuando uno de ellos lo tomó del brazo, Feliks se preguntó cuán efímera podía ser una amistad.

Volvió con sus compañeros de encierro y les contó lo que había ocurrido. Les aclaró que no hubo ningún pollo.

Cobarde, le dijo uno.

¿No hice lo correcto? Firmé antes de perder quince kilos y de que me arranquen las uñas.

Deberíamos golpearte por todos los porrazos que te ahorraste.

Feliks puso su cobija junto a la puerta y se recostó.

A ustedes quizá los torturen para sacarles la verdad. A los inocentes nos torturan para obligarnos a mentir.

Déjenlo en paz, sonó una voz. No sabe lo que firmó. Pudo ser su sentencia de muerte.

La siguiente vez que Kazimierz se reunió a beber con sus amigos, hubo apenas un tímido reproche. Yo creo que me dejaron ahí tres días.

Querido amigo, Ludwik palmeó el hombro, es natural que pienses eso. En una tumba, ocho horas parecen mucho más largas.

Lo sé, dijo Kazimierz. Si calculé tres días es porque me pareció un mes.

Mejor olvídate del asunto, Ludwik le palmeó el hombro. En el sepulcro nada significan los relojes o los calendarios.

Ocho horas, tres días o un mes, el barbero sacó una botella de alcohol al noventaicinco por ciento y la entregó a Kazimierz, a cualquier hombre le hubiese parecido un instante al lado de la señora Kukulska. Deja de lamentarte y cuéntanos lo que queremos saber.

Kazimierz dio un trago profundo, creyendo que era vodka ordinaria. Pasaron unos minutos antes de que recuperara el aliento.

Habló sobre una habitación con terciopelos, iluminada con cirios. En una plancha acolchonada yacía Kukulska tan deliciosa como la última vez que se le vio ondeando las caderas por la avenida Marszałkowska. Difícil distinguir entre la seda del vestido y la seda de su piel. Kazimierz la rodeó varias veces. Antes que por el tacto, la belleza había de penetrar completa por los ojos; además estaba el gusto de no disimular, pues siempre ocurría que al toparse con ella en alguna calle, se le miraba de reojo, como sin darse cuenta de su presencia, hasta que pasaba de largo y, entonces sí, clavar la mirada en su andar que se alejaba.

Eugeniusz llevaba toda la velada en silencio. A cada instante se ponía más furioso.

Kazimierz se situó a los pies de Kukulska. No había prisa en devorar el pastel. Podía comenzar lamiendo los tobillos.

Por favor, interrumpió el barbero, es la parte menos sensual del cuerpo. El tobillo de una mujer horrenda es igual al de la más bella.

Eso es falso. Ludwik se subió la pernera del pantalón, bajó el calcetín, rodeó con las manos su tobillo como si ahí hubiese un melón. Una vez tuve en los brazos una mujer con hidropesía.

Lo dices por envidia, agregó Kazimierz, porque tú sólo tienes un tobillo. Habrías de ver los de Kukulska, con piel más tenue que una capa de barniz. Se podían ver venas azules que palpitaban con cada latido del corazón.

Muy lentamente Kazimierz fue llevando sus labios hacia las rodillas de Kukulska. En ningún momento se topó con vellosidades. Todo era lisura.

Eso sí me estimula. El barbero se dio besos en las manos. Si me hubiesen dado esas piernas para rasurarlas…

Eugeniusz estrelló una botella vacía en el suelo para ganar la atención. ¿A qué horas van a hablar de lo que en verdad importa?

Espera, padrecito, apenas vamos en las rodillas.

No me refiero a eso. Después de abrir el sarcófago de la señora Kukulska, ocurrió algo. ¿No lo recuerdan?

Se miraron unos a otros sin decir nada. Bebieron un poco más.

Hubo un milagro, dijo Eugeniusz, y temeroso de ser impreciso, aclaró: Yo hice un milagro. San Eugenio de Varsovia lo hizo con su poder celeste.

¿De qué habla el monje?, preguntó Kazimierz.

No tengo idea, respondió Ludwik.

Tres días dejamos a este infeliz en la tumba. Lo hallamos muerto y congelado. No traten ahora de negar un prodigio sólo porque elegimos decirle que pasó ocho horas enterrado.

Monseñor, el barbero le acarició la calva, estás delirando.

En Lourdes todo el pueblo le cree a una mocosa. En México nadie duda de un indio patarrajada. ¿Por qué ustedes no se fían de sus propios ojos?

Recuerdo que le dijiste levántate y anda, pero no es un ensalmo para resucitar muertos sino para remendar paralíticos.

Eugeniusz se alejó unos metros. Estaban en el jardín Krasiński. Desde ahí se extendía un largo horizonte sin edificios en pie. Vio que unas nubes se acercaban a tapar la luna. Deténganse, agitó los brazos. Las nubes no alteraron su trayectoria. La luna se volvió invisible. Eugeniusz se decepcionó por unos segundos. Luego llegó a una conclusión: No debí pedir a las nubes que se detuvieran, sino al viento que dejara de soplar. Regresó con sus amigos. No había continuación en la historia de la señora Kukulska porque se apersonaron dos uniformados.

Uno de ellos les pidió los documentos. Pronunciaba un polaco primitivo.

Ludwik explicó que tenían vodka. Podían regalarles una botella.

Los uniformados hablaron ruso entre ellos. Extendieron las manos. Se llevaron una botella nueva y el resto del alcohol del noventaicinco.

Una vez que quedaron solos, Eugeniusz tomó la palabra.

Marchemos a la prisión de Mokotów. Voy a liberar de una vez por todas a nuestro amigo Feliks. Y sea maldito setenta veces siete quien niegue ese milagro.

Se montaron en la carreta. Intentaron reanudar el relato de la noche de bodas con Kukulska, pero con el viento en los rostros, el trote del caballo y unos ejes mal aceitados ya no causaban efecto las imágenes de sedas, piernas y terciopelos. Además, Ludwik se fastidió, pues pensaba que Kazimierz no hablaba de sus experiencias en la tumba, sino del remedio contra el enfriamiento que le administró Marianka.

En una esquina casi chocan con un auto. El barbero jaló las riendas con decisión. Los cascos del caballo se deslizaron sobre el empedrado helado ante el empuje de la carreta. El conductor del automóvil pisó los frenos, maniobró un volante que no respondía. Las tres patinantes toneladas de acero alcanzaron a rozar el belfo del caballo y se detuvieron al otro lado de la calle, al topar con la acera. Un hombre armado bajó del vehículo. Caminó decididamente hacia ellos. De inmediato se asomó el conductor y le ordenó regresar. Antes de obedecer, el hombre apuntó hacia cada pasajero de la carreta. Eugeniusz se agazapó tras el pescante. La portezuela se cerró y el auto arrancó con rumbo oriente.

Alguien se te adelantó en el milagrito, dijo Ludwik.

¿A qué te refieres? Eugeniusz dejó su parapeto, se alisó la sotana de benedictino.

¿No lo viste?, Kazimierz señaló el vacío donde estuvo el auto. Feliks iba en el asiento trasero. Muy modoso con su sombrero de copa, las manos sobre las rodillas juntas.

No tienen que restarme méritos, protestó Eugeniusz. Quizás lo liberaron en el momento en que yo me propuse hacerlo.

El barbero tomó una botella. Brindemos para que nunca este santo varón sea nuestro ángel de la guarda.

Querido frailecito, si te sacan de prisión a las dos de la mañana no es para llevarte a casa. Kazimierz hizo una pistola con la mano. Colocó el índice en la nuca de Ludwik.

Dispara, dijo el barbero. Acabemos de una vez con esos rebeldes.

Bang, sonó el disparo y Ludwik cayó de bruces. Dios, patria y libertad, alcanzó a decir antes de expirar.

En los edificios contiguos moraban algunas personas. Tímidamente se asomaron por las ventanas. No pensaban que se tratara de un puñado de borrachos, sino de una pugna entre las fuerzas del bien y las del mal.

Hoy es día de sangre y gloria. Cantó el barbero, enarboló su pata de palo como una antorcha. En la sombra nocturna, se volvió una estatua libertaria. Hoy es día de victoria o muerte.

Eugeniusz abrió el cajón de los enseres del barbero. Eligió las tijeras más grandes. *Polonais, à la baïonnette*, exclamó con tono épico.

En un momento tan memorable para la patria, a Ludwik le incomodó jugar al muerto. Se levantó sin necesidad de imprecaciones milagrosas.

Vamos al castillo real, hay que defender al rey Segismundo de las hordas enemigas.

Vivan los insurrectos.

El barbero dio un fustazo al caballo y hacia allá se dirigieron dispuestos a sacrificar lo concreto que hubiese en sus cuerpos por lo abstracto que colmaba sus mentes.

Pronto llegaron a Jerozolimskie, de ahí tomaron al norte por Nowy Świat. Sin darse tregua, continuaron su curso frente a las piedras del palacio Staszic. Ahí se inclinaron ante el espíritu de Copérnico, que había recrudecido los inviernos para agobiar a los alemanes.

Anda, corcel alado. El barbero dio a su caballo con la fusta.

Atrás dejaron el hotel Europejski, el Bristol.

Para cuando llegaron frente a las ruinas del castillo, ante la columna derribada del rey Segismundo, ya se les había estacionado la borrachera. El heroísmo se dejó suplantar por una suave melancolía. Ahora tenían sueño, frío.

Si les pasó un recuerdo de Feliks en el automóvil negro con su sombrero de copa, prefirieron hacerlo a un lado.

Eugeniusz guardó las tijeras. La antorcha libertaria fue de nuevo una pata de palo.

Los cuatro salvadores de la patria buscarían otra ocasión más propicia para salvar a la patria.

Eugeniusz despertó a media mañana. Se tocó la mollera y sintió las puntas de los pelos que volvían a crecer. Tendría que visitar pronto al barbero si no quería perder su aspecto de santo medieval. Miró sobre su mesa la máquina de escribir. Antes de recorrer el mundo haciendo milagros, necesitaba una doctrina. En un futuro se le conocería como el eugenismo. Habría eugenistas. Quizás en un principio serían perseguidos. Sólo en un principio. Ensartó una hoja y giró el rodillo. Daba lo mismo que el teclado no fuera polaco. Cualquier texto de trascendencia para el espíritu había de escribirse en latín. Estuvo un tiempo inmóvil sin saber cuál sería la primera palabra que desencadenaría un mundo nuevo de ideas. Desde esa mañana, él ya no sería un vil cura, sino un teólogo. Vivía para la verdad, y esta era esquiva, caprichosa. No se dejaba atrapar sino tras un largo cortejo. Qué sencillo le resultaría ser un novelista, que se mueve en el mundo de las mentiras. Si así fuera, las ideas le vendrían en cascada. Cualquier frase servía para iniciar una novela. El inspector Rubinstein vio pasar un caballo sin jinete… La duquesa aborrecía al hombre con quien se iba a casar… Alguien le avisó que el granero se incendiaba… Entre la muchedumbre, madame Poinsett sintió que le palpaban el trasero… El invierno se anunció con una ventisca… El general Zaleski dejó caer su espada… En un instante había iniciado seis novelas. De haber querido, hubiese iniciado otras mil. Pensó en el novelista, lloriqueando por una novela perdida, destruida o robada. La próxima vez que lo viera, le daría un tirón de orejas. La verdad era una; las mentiras, infinitas.

Se tumbó en la cama, se revolvió en las sábanas. Luego miró el techo hasta que recordó una idea que provenía de sus años del seminario. Había razonado que la oración debía ser algo íntimo en lo que uno no podía hacerse responsable de los demás. ¿Qué significado podía tener la palabra nosotros? ¿Cómo incluir la conciencia de otros en mis rezos? ¿Quiénes estaban incluidos y quiénes no? Lo lógico era rezar el padremío, decir perdona mis ofensas como yo perdono a los que me ofenden, porque las almas se salvan o se pierden una por una y no en tropel. Quizás estaba bien pedir el pan nuestro, al fin este se comparte, pero habría que ser más personal al decir no me dejes caer en tentación y líbrame de todo mal.

Volvió a la máquina de escribir. Le gustaba esa etiqueta con la marca Enigma. San Eugenio de Varsovia iba a resolver algunos enigmas y a crear otros con ese teclado. La conectó. Hizo una breve calistenia con los dedos y pulsó el título: *pater mi.*

En el papel aparecieron otras nueve letras. No formaban palabras en una lengua que Eugeniusz conociera. Volvió a intentarlo y las nueve letras fueron otras. Luego oprimió tres veces la P, y obtuvo tres letras distintas.

La versión del padremío mantendría intacto el verso de hágase tu voluntad, y ahora resultaba evidente que se estaba haciendo una voluntad distinta a la de Eugeniusz.

Le pareció que en esa máquina intervenía una fuerza poderosa que debía venir del más allá. ¿Y si lo escribo a mano?, preguntó en voz alta, ¿qué vas a hacer? Su misma imaginación le respondió. La mano se le volvía de sal o la pluma se convertía en serpiente.

Mejor bajó al refectorio a beberse un café bien cargado.

El novelista se tumbó sobre sus cobijas. Pensó en la sencillez del mundo del padre Eugeniusz. Para la gente como él existía una sola verdad y tenía dos mil años repitiéndose. ¿Qué complicación había en recorrer una vereda tan pisoteada? En cambio, los novelistas vivían en un cosmos de opciones ilimitadas en el que atrapar las palabras justas, ordenarlas de manera bella y con sentido, resultaba una aventura heroica.

Para construir una simplísima frase de tres palabras era necesario considerar una fuente inagotable de sustantivos, con sus múltiplos de número y género. Del verbo ni se diga. El novelista había estimado que con sus variaciones de tiempo y persona podían llegar a un millón. El complemento, a su vez, podía ser tan abundante como los granos de arena.

El infinito en tres palabras.

¿Qué era entonces encadenar frases durante trescientas veintiocho páginas?

Más sencillo sería reconstruir Varsovia pieza por pieza que concebir una novela.

Más fácil resultaría para un astrónomo dibujar de memoria el mapa estelar que para él recordar la novela que perdió.

Decir: "En el principio, dios creó los cielos y la tierra" no tenía mérito alguno, ya que dios había creado los cielos y la tierra en el principio.

Pero nada en la historia del mundo indicaba el advenimiento de aquel preciso crimen pasional del capítulo cuatro.

Un día la ciencia demostraría que escribir una novela es cosa imposible.

Aunque los filósofos sepan que las novelas están ahí, que se pueden tocar y leer, concluirán que la razón es inútil para probar su existencia.

Un sabio sacará cualquier novela de un estante. ¿Por qué, pudiendo ser distinta, es precisamente lo que es?

El novelista fue al escritorio. Tomó una hoja en blanco.

Ahí vio el universo.

Ahí, dispersa como polvo de estrellas, se hallaba esa novela suya que en un pasado escribió.

Una novela infinita.

Eterna.

Inasible.

Feliks pasó la noche en alguna delegación del Ministerio de Seguridad Pública. Ahí firmó otros documentos sin tomarse el tiempo de leerlos. El oficial al otro lado del escritorio se había presentado con ese exceso de cortesía de los rufianes que no se manchan las manos. Por eso la firma de Feliks en cada página parecía una trémula falsificación. No sólo le temblaba la mano, también resbalaba la pluma entre los dedos sudorosos. De la boca de algunos compañeros había escuchado que Mokotów era el paraíso en comparación con los sótanos del ministerio.

El oficial revisó los documentos. Muy pronto podrá irse a casa, dijo.

Pensar en su mullida cama, al lado de Olga, le provocó una intensa emoción. Deseaba dar de brincos.

El oficial separó los papeles en dos.

Si no leyó estos documentos a mi izquierda es mejor, pues a nadie le gusta delatar a un amigo. En ellos usted nos dice que compartió la celda con el capitán Bojarski y le escuchó decir ciertas cosas.

Hubiera preferido no saberlo, dijo Feliks. En un principio se arrepintió de no quedarse callado, luego supo que complacía al oficial. Era exactamente lo que quería escuchar.

En estos otros, usted se compromete a prestar algunos servicios al Ministerio de Seguridad. Sabemos que conoce de radios y claves. Lo mandaremos llamar si nos hace falta. Mas no se confunda, no le estoy ofreciendo un empleo.

Feliks deseaba que el hombre dejara de hablar. ¿A qué hora le dejarían franquear las puertas? ¿Cuándo podría pasear por las calles de Varsovia? ¿Estaría Olga con los niños esperándolo ahí afuera?

¿Puedo irme?, preguntó.

El oficial metió la mano en un cajón. Sacó cigarrillos rusos. Por su expresión, Feliks supo que venía el momento que más disfrutaba. Las buenas maneras del hombre eran tan falsas que no ofreció su tabaco.

Tenga paciencia, señor Malinowski.

Feliks no percibió que el oficial llamara a alguien, oprimiera un botón, hiciera una seña. Por eso le sorprendió la puntualidad con la que entraron dos guardias.

Lo condujeron por un corredor en penumbras. Los hombres pisaban al mismo tiempo. Sus pasos eran el tambor de las pompas fúnebres del preso desconocido.

Marianka llegó cansada luego de una difícil jornada en el hospital. Descubrió en la habitación el carbón ovalado.

Es maravilloso, dijo. Lo acarició con más dulzura que a un niño. Con esto podemos calentarnos todo el invierno.

No exageres. Bien utilizado nos dará para una semana.

Los ojos de Marianka no fueron tan ilusionados cuando Kazimierz le obsequió el anillo. Él se preguntó cómo seducirían los hombres a las mujeres en los tiempos por venir. ¿Con un trozo de jamón? ¿Suelas de goma? ¿Café de verdad?

En cada piso se calentaba una habitación; las demás se clausuraban. Mucho mejor resultaba si el vecino de abajo elegía justo la que estaba a los pies; el de arriba, la que se hallaba en el techo. Se quemaba carbón, leña, muebles, libros, lo que hubiera. Los periódicos hacían exhortos diarios para evitar los incendios y la muerte por intoxicación. Cada día Marianka traía un puñado de carbón que escamoteaba del hospital. Lo ponían en la estufa con escape hacia la ventana. Si bien sabían que durante lo más rudo del invierno, habrían de echar dentro los gases. Más valía envenenarse un poco que congelarse.

El trozo de carbón no estaba junto a la estufa, sino justo abajo de donde pendió el retrato de Kasia y Gosia.

Hay algo de tierno en él. Marianka toqueteaba el carbón. Es como una enorme sandía recién llegada de las minas de Silesia. ¿Cuánto te costó?

Él murmuró palabras sin sentido.

Ella tomó una vara metálica. Se disponía a picar el carbón cuando Kazimierz la detuvo.

Espera, dijo. Creo que es Sirota.

Luego de tres días se abrió la puerta. Feliks Agnieszk Malinowski, pronunció su nombre un tipo muy serio, de traje oscuro, tal vez juez o ministro. Puede irse a casa. Feliks se puso con prisa los zapatos. Salió de la celda. Algo había de verdad en las palabras de ese hombre porque por primera vez desde aquella noche del radio no se advertía la presencia de al menos dos gorilas.

Su mujer estará muy contenta. Ha preguntado varias veces por usted.

A Feliks le preocupaba la gentileza del funcionario.

Llegaron a un mostrador. Al fondo se veía un portón metálico abierto por el que la gente entraba y salía sin pedir permiso de nadie. Un hombre extendió un libro y una pluma.

Ya no quiero firmar nada.

No se preocupe, señor Malinowski. Es para entregarle sus pertenencias.

Feliks firmó. Le entregaron sus ropas y se cambió ahí mismo. El hombre tras el mostrador revisó un armario, miró dentro de algunas artesas. Luego preguntó a alguien tras una cortina. ¿Dónde está el sombrero de copa? Una voz respondió: Maciek lo tomó prestado anoche. Dijo que era la moda entre los sepultureros. El hombre volvió con Feliks. Mejor es no usar ese sombrero, le susurró. Allá afuera no es bienvenida la aristocracia.

El funcionario no le dio importancia al asunto. Caminó morosamente hacia la salida. Feliks lo siguió sin dar con la frase correcta para despedirse.

Afuera hacía frío. La noche en que aprehendieron a Feliks era cálida. Se lo llevaron en mangas de camisa y así lo devolvían al mundo.

Señor Malinowski, usted siempre ha sido un hombre libre. Nunca lo arrestamos. Nos acompañó durante un tiempo para conversar. ¿Acaso tiene alguna queja?

Ninguna. El frío comenzaba a calarle.

Su mujercita estuvo a punto de echarlo a perder todo. Insistía en asuntos legales y procedimientos. Para darle gusto tendríamos que haber presentado cargos contra usted.

A Feliks le molestó que le llamara "mujercita" a Olga, pero no hubiese reclamado ni aunque el funcionario se refiriera a ella como "la puta de su mujer". No iba a cometer un error ahora que podía ver las nubes.

Si le hubiésemos echado encima el aparato de justicia, a estas alturas usted tendría una condena de al menos diez años.

Feliks captaba que en esas palabras no había una explicación, sino una amenaza. Alargó la mano, pero el hombre no correspondió. Entonces se echó a andar.

¿Adónde va, señor Malinowski?

A casa.

Lleva usted el rumbo equivocado.

Feliks no conocía la calle en la que estaban; se había orientado con la cúpula maltrecha de la iglesia de María Magdalena.

Siedlecka 45, segundo piso. El hombre señaló una vaga dirección norte. Ahí encontrará a su encantadora familia.

Hacia allá partió. Más adelante hubo de pedir indicaciones a una pareja. No quedaba tan lejos. Aceleró el paso porque tenía frío.

Ahora su casa estaba a la derecha del Vístula. En un barrio de poca monta, de obreros. A unos metros de la iglesia del Sagrado Corazón. Demasiado cerca de unos patios de ferrocarril. Cuando se aproximaba al 45 de la calle Siedlecka, confirmó que había algo más poderoso que los hombres y los dioses. La historia era una ola que todo lo arrasaba a su paso. Arrasó con él. Con su familia. Pronto despacharía al capitán Bojarski. Igual que el universo, la historia no tenía principio ni final, acaso momentos en los que se desviaba, aceleraba, se precipitaba o enloquecía. Al subir por la escalera de peldaños inciertos, con olor de orines, al aproximarse a tocar la puerta de su propia casa como si fuese un extraño, supo que ya no era el señor Feliks Agnieszk Malinowski, como le llamaban los funcionarios, no era el marido de Olga ni el padre de dos hijos, no era el hombre que había salvado a sus amigos de morir, ni el comerciante que regenteaba una tienda de rapiña. En el momento en que su nudillo golpeó mansamente el tablón de la puerta, Feliks era un hombre pisoteado, una bandera más roja que blanca, la certeza de una guerra perdida.

No hubo escena de alegría, abrazos y besos. Olga se había echado encima otra cuota de años. Lo invitó a pasar. En la mesa yacían tres zanahorias, una patata y un apio. Feliks se vio tentado a bromear. Decir que hasta en prisión le daban mejor comida.

Tuve que inscribirme en el partido, dijo ella. Llegan a diario convocatorias. Para desfilar, para aplaudir. Tenemos la peor carta de racionamiento, pero da lo mismo. En ningún lado se consigue nada. Los vecinos tosen, se ríen, discuten, y yo todo lo escucho.

Aunque Feliks no quiso llevar cuenta de los días en prisión, tenía un cálculo aproximado. Unas semanas no eran para que su mujer le hablase como a alguien que pasó media vida en Siberia. Y sin embargo esa lógica no funcionaba ante la evidencia. Ahora vivían en un par de cuartuchos con paredes desmigajadas. Por ningún lado se veía el fonógrafo. Olga estaba cansada. Trozos de periódico tapaban las grietas junto a la ventana. Feliks fue hacia allá. Extrajo uno de los embutidos de papel: un ejemplar del *Nowy Kurier Warszawski* que no podía contener nada interesante. A través del cristal cuarteado vio un patio que no era suyo. Con basura, pilas de ladrillo, trapos viejos, lodo. Más allá, una calle que no conocía.

Se le ocurrió que tal vez había perdido la cuenta, que había pasado diez o quince años en la prisión de Mokotów, o quizás en un gulag, cortando leña, picando piedra hasta que un golpe en la cabeza le hizo perder toda noción del tiempo. Habría de buscar a sus amigos para beberse un trago y habría de hallarlos muertos.

Olga había pedido permiso para marcharse a Kielce, a casa de sus padres. Sus hijos estaban allá. Hizo una larga enumeración de aflicciones. En los peores momentos de la guerra nunca pudo apoyarse en un hombre hecho y derecho. Todo lo habían perdido porque él quería jugar con su radio. Estaba harta de vivir con un niño. Feliks bloqueó su entendimiento. Apenas veía una mujer que movía los labios. Le daba lo mismo si lanzaba sus quejas en clave Morse. Él era quien había sido secuestrado por unos bandoleros. Él venía de un reino donde hasta el más bragado sabía llorar. Él era quien estuvo hacinado con seis, ocho y hasta once individuos malolientes y roncadores en una celda menor que ese piso, donde se pierde la dignidad y la esperanza y también la vida. Él era quien venía de un mundo donde se aprendía a ser tan sumiso que ahora mismo, en vez de romperle el hocico a su mujer, podía mirarla con la serenidad de quien contempla un atardecer.

Atendió de nuevo a Olga cuando criticaba su enfermiza necesidad de escuchar cuentos. Ella sacó un papel de alguna gaveta. Lo echó sobre la mesa. Feliks reconoció su firma, supo que se trataba de uno de esos documentos que prefirió no leer.

La casa, ella manoteó el aire. Ahí vive un comunista con su amante. Esa cerda duerme en mi cama, se sienta en mi silla, embarra los mocos en los tapices. Y la tienda… No quedó nada. Se repartieron la mercancía. Nunca me diste un arete, un anillo. Ahora cualquier puta bolchevique se los gana a cambio de unos besos.

Si no bajas la voz, dijo Feliks, esta noche volverá el auto negro. Vendrá por ti, y ya verás que acabas dando más autógrafos que una estrella de cine.

Olga se echó sobre una silla que crujió ante su peso. Mañana me voy.

Feliks sentía enormes deseos de beber. De imaginar que la vida era otra. Fue hacia Olga y le besó la frente.

Las mujeres suelen dejar a sus maridos porque llega el día en que no los reconocen; tú me abandonas por ser el mismo hombre del que te enamoraste.

La patata rodó por la mesa y cayó al suelo. Daba lo mismo recogerla que dejarla ahí a pudrirse.

En otro lugar del tiempo, Feliks y Olga se abrazaban. Tenían un libro en las manos.

Érase una princesa. Érase un rey.

Érase lo que quieras que sea.

En Siedlecka 45, segundo piso, una luz gris nubló el rostro de Feliks frente a la ventana.

Olga ante la mesa era una mancha oscura.

Si algún consuelo había, estaba en el color de las zanahorias.

La noche anterior, Kazimierz había dejado un nabo y una rebanada de pan de centeno junto al carbón. Tengo tu reloj, Sirotita. Te escuché cantar. Darte de comer es lo menos que puedo hacer por ti.

Al amanecer, ambas cosas seguían ahí, intactas. Kazimierz hizo rodar con el pie descalzo al inapetente Sirota. Quién sabe cuál era el derecho y cuál el revés. Él mismo se desayunó el pan y dejó el nabo en el suelo. Por si acaso.

El barbero terminó de cortar la primera cabellera de la jornada. Sacudió el lienzo para que las puntas de pelos castaños volaran con el viento. El cliente pidió un espejo. Se miró sin vanidad mientras el barbero le barría el cuello con una escobilla. Con la llegada del frío, incomodaba trabajar en el exterior. Casi nadie pedía rasuradas.

Usted debería tener un local cálido para recibir a su clientela, dijo el hombre. Espejos enormes. Sillas y periódicos para los que esperan.

Estoy juntando dinero. Quiero establecerme en este barrio, cuando lo vuelvan a levantar.

¿Para qué esperar? Mañana mismo puede usted tener su peluquería de lujo.

El barbero no quería caer en ninguna trampa. De seguro el hombre le haría algunas falsas promesas para marcharse sin pagar.

No tengo prisa.

El hombre metió la mano al bolsillo. No sacó su cartera sino un pañuelo. Miró sin disimulo la pata de palo.

La guerra nos dio tierras nuevas en occidente. Hay que poblarlas. Obreros y campesinos ya están allá. Ahora hace falta quién los atienda. Se necesitan mujeres, doctores, maestros y uno que otro peluquero. De lo contrario pronto tendrán pelambre de neandertales.

En Varsovia me encuentro bien.

Muchos quieren venir a la capital y aquí no tenemos dónde acomodar a tal gentío. Los precios suben, la vivienda escasea y los enemigos culpan al gobierno. Además con tanta piedra, tanto escombro, es una ciudad hostil para gente con una pierna.

Tengo mis dos piernas, protestó el barbero. Una de hueso y otra de palo.

Hoy le estoy haciendo una oferta. Tendrá la misma carta de racionamiento que un minero, a pesar de que usted no produce nada. Si no acepta, mañana se lo llevarán por fuerza en un furgón. Usarán su propia pata falsa para rajarle el cráneo.

No se confunda. El barbero se mostraba iracundo, pero también sentía miedo. Jamás he pisado una sinagoga.

Usted vive en el pasado, dijo el hombre con la sonrisa del dueño de la verdad. Verá lo que trae el futuro.

El barbero esperó a que el hombre se alejara. Entonces cerró un ojo, esgrimió las tijeras justo a la altura de ese cuello recién cepillado y le cortó la cabeza. La imaginó rodar, porque eso hace una cabeza cuando cae. El cuerpo decapitado continuó su marcha por Smocza. El barbero hincó su única rodilla y alzó las tijeras al cielo. Era un cruzado que recién había tomado Jerusalén. Maldijo la existencia de aviones y bombas y tanques y fusiles. Espada contra espada, hombre contra hombre, ¿qué nazi se hubiese atrevido a cruzar la frontera? ¿Qué lameculos de Stalin vendría a amenazarme? Espada contra espada yo tendría mis piernas para pasear en bicicleta. Envainó las tijeras y esperó la llegada del enemigo. Espada contra espada nadie me va a sacar de Varsovia.

Kazimierz esperó durante un par de horas frente al edificio de Czerniakowska 153. Se había fumado media cajetilla cuando vio salir a una mujer con dos maletas. Tiene que ser ella, se dijo.

Marianka había llevado el mensaje al hospital. Ahí lo tradujo un médico. Se supo lo que ya se sabía: Kasia y Gosia se llamaban de otro modo. Esa mujer tuvo alguna esperanza de encontrarlas. A ellas y a sus padres. Pero hoy se vencía el plazo. Me iré el último día del mes, decía la nota. Firmaba como Nela. Tenía que ser hermana de uno de los padres.

Ahí estaba en la acera terrosa con sus dos maletas. Como si de pronto fuera a detenerse un tren en la propia Czerniakowska para llevar por primera vez en años a una mujer como Nela a tierras amorosas en un compartimiento donde se pudiera sentar y tomar el té.

Era tal como Marianka la había descrito. Treinta años. Esbelta. Si llevara un vestido nuevo y el rostro aderezado, luciría como la espléndida señora que fue.

Kazimierz tiró el cigarrillo a medio fumar. Se acercó. ¿Puedo ayudarle en algo?

Espero a alguien. Ella ni siquiera lo volteó a ver.

Eso es obvio, pensó Kazimierz. Caminó en torno a ella. Fue a reclinarse en el muro del edificio.

Y tal vez lo único certero en las miles y miles de cosas que esa mujer había esperado en los últimos tiempos fuera la furgoneta que en ese momento se acercaba benignamente hasta hacer alto justo delante de ella.

Él la miró abordar. No le mencionó a Kasia ni a Gosia por ninguno de sus nombres. Le bastó con haber visto un poco de las niñas en ese rostro. Ahora podría imaginar lo que hubiera sido tener a Kasia en los brazos, noche tras noche, hasta completar una vida.

Ludwik halló la tierra revuelta ahí por donde a veces le echaban algún cadáver. Era evidente que lo habían hecho con prisa. Les habría caído el amanecer y más valía retirarse a tiempo. Junto al túmulo yacía un sobre con una piedra encima. El pago para que Ludwik terminara el trabajo. Mientras paleaba la tierra, descubrió el sombrero de copa de Feliks. No había duda. Tenía ese absurdo moño gris que le daba más aspecto de un bufón que de un señor. Los hombres de aquel auto lo habrían llevado a un sitio de torturas para finalmente pegarle un tiro. Ahora Ludwik aceptaba unos zlotys a cambio de apisonar esa tierra ensangrentada.

Ah, mi querido amigo. Y pensar que un día fuimos inmortales.

Robó una cruz oxidada de cualquier sepulcro y la clavó en la tierra tierna.

Hoy toca borrachera. Aquí en tu tumba. En tu honor.

Quitó lo mejor que pudo el lodo del sombrero y lo ensartó en la punta de la cruz.

Se decretó el día libre. Hoy no limpiaría tumbas ni atendería flores. Hoy, él era un doliente. Se abrazó a sí mismo, se dio el pésame.

Fuera del cementerio se encontró al novelista con su letrero.

Prepárate una oda a un amigo. Ludwik le dio un billete. Algo breve, con palabras homéricas, pero en polaco.

El novelista miró incrédulo el billete. No sólo Iwaszkiewicz vivía de las letras.

Claro que sí, escribiría ese poema. Catorce versos que atraparan el espíritu de lo efímero para volverlo eterno.

Manos, lápiz, papel, corazón a la obra.

Se llama Feliks, aclaró Ludwik. El muerto.

Si me permite, prefiero dejar fuera el nombre. Así será un poema para todos los amigos que se van.

Volveré al anochecer, dijo Ludwik. Estás invitado a declamar tu poema ante el cadáver.

Será un honor.

El novelista miró su entorno. Había mujeres que vendían flores.

Flores que muy pronto se secan.

Ludwik salió a correr la voz. Esa noche habría velorio, sí, señor, con canciones y alcohol, y ojalá alguien llevase un salchichón.

Halló al barbero en su esquina, afilando sus instrumentos. A nadie le cortaba el pelo. Tenía tijeras y navajas muy armoniosamente dispuestas sobre la sábana.

Se nos avecina otra guerra. Necesito aceitar los ejes de la carreta. Así se gana en velocidad y sigilo. Voy a afilar la pata de palo y a ensartarle unas navajas. Mi patada será tan mortífera como la de un maestro oriental. ¿Tú también quieres sumarte a la batalla?

Ludwik le explicó que él no tenía problema con el estado de las cosas. Vine a avisarte que Feliks ha muerto. Tú no lo conociste, pero igual estás invitado a la ceremonia. En Powązki, al bajar el sol.

Después fue al convento. Un seminarista le informó que el padre Eugeniusz había salido. Ludwik lo acosó con preguntas, ¿dónde está?, ¿a qué hora vuelve?, ¿estaba sobrio?, es urgente que lo encuentre. El seminarista sonrió con un poco de vergüenza y otro tanto de morbo.

Lo están regañando los superiores, dijo. Parece que blasfemó.

Ludwik pidió papel y lápiz y garabateó una nota. Es importante que se la entregue. De lo contrario, el alma de un compatriota podría ir al infierno.

A continuación, fue a buscar a Kazimierz.

Luego de tocar la puerta durante algunos minutos sin respuesta, habló por la cerradura: Soy yo, Ludwik.

Kazimierz abrió de inmediato. Pensé que eras un judío.

Cuando recibió la noticia, lo primero que se le ocurrió decir fue que debían avisar a Olga.

Esa mujer nos echaría a perder el velorio, dijo Ludwik. Ya tendrá tiempo de enterarse o de adivinarlo.

Ludwik bajaba las escaleras cuando Kazimierz alzó la voz:

¿Sabes si enterraron a Sirota?

Yo sólo sé de sepulcros cristianos. Debes preguntar en el cementerio al otro lado del mío.

Tú estás en el negocio, al menos has de saber si hallaron su cadáver.

¿Por qué el interés? Ludwik no esperó respuesta.

Kazimierz cerró la puerta. Se fue apagando el eco de los pasos de su amigo.

En la habitación, se puso a contemplar el trozo negro, gordo y mineral. Canta, Sirota, canta. Kazimierz hubiera jurado que el enorme carbón temblaba. Una vibración de huevo que está a punto de quebrarse. Con cada caricia, las manos de Kazimierz se iban ennegreciendo, sin que surgiera una sola nota del cantor de salmos. Está bien, amigo, guarda silencio por ahora. Pero una de estas noches, Gerszon Sirota, cantor de la gran sinagoga de Varsovia, hijo de los hijos de los hijos de Israel, alma de un pueblo asesinado, habrás de darnos tu última nota.

El padre Eugeniusz no aparecía. Los demás, ya estaban ebrios de brindar por su difunto amigo en torno a una fogata. Se turnaban el honor de usar su sombrero. Quince minutos cada quien. En ese momento lo tenía Ludwik.

Muy señores míos, llevo la vida entera desde que tengo memoria en este cementerio, haciendo zanjas, metiendo muertos, oyendo llorar mujeres y uno que otro varón. He visto entrar huertos enteros que acaban por marchitarse. Millones de hormigas que van a la cacería de la carne, que llevan para su reina, trozo por trozo, los pezones frescos de una recién difunta. Ratas que roban la castidad a las niñas. Algunos féretros del tamaño de una caja de piano y otros que parecen artesas para hornear un panqué. Los primeros les desbaratan el cuerpo a los hombres que a cuestas los llevan; los segundos les desbaratan el alma. Aquí, algunos asesinados descansan junto con sus asesinos. Hay donjuanes que se espantarían de ver en lo que se han convertido sus carnes que tantas delicias les procuraron. Sé que las Elżbietas mueren jóvenes y las Dorotas viven más. Los ancianos se van en diciembre; los niños, en verano. Llevo una bitácora con nombres, fechas y alguna otra menudencia desde el primero hasta el último de los difuntos en Powązki. Y sin embargo nunca tuve a nadie mío para enterrar. Nunca he sido un deudo. Amigos míos, concédanme esta noche ser la viuda. No la tal Olga. Quiero saber qué se siente perder al hombre de una vida. Déjenme llorar y vengan todos a abrazarme, a enjugar mis lágrimas, porque tuve un hombre y hoy está bajo tierra, porque fui feliz y ahora soy la más desgraciada de las criaturas. Compadézcanme, amigos míos. Sientan pena por mí.

Hicieron una fila y uno por uno fueron abrazando a la viuda. Ludwik lloró. Las palabras de consuelo le llegaban al oído junto con un cálido vapor. Cada abrazo lo hacía sentirse más vulnerable y solitario.

Ya vamos quedando tan pocos, dijo Kazimierz.

Ludwik se quitó el sombrero. Lo acomodó en la cabeza sebosa del novelista. Es hora del poema, decretó. Dado que no habrá misa, pasemos a la ceremonia pagana.

Antes que un sombrero, el novelista hubiese querido una guirnalda; antes que un cementerio, el Panteón. Los demás guardaron silencio. Escuchaban el crujido de la leña en el fuego.

El novelista comenzó sin carraspear.

Loor en el Hades al ínclito amigo
Pues si Zeus no lo ha llevado consigo
Hoy reposa en los pechos de Perséfone

Una brisa avivó el fuego. La botella pasó de mano en mano. El novelista podría tener una vaga memoria del capítulo cuatro de su novela, mas ahora parecía haber olvidado el cuarto verso. Si fuera un poema conocido, cualquiera hubiese hecho las veces de apuntador.

El novelista volvió a su sitio junto a la fogata. Esperó a que le llegara la botella para dar un trago. Habló sin la solemnidad que exige una declamación.

Tengo toda la tarde batallando, bien lo saben las musas, pero nada encuentro que rime con Perséfone.

Nadie reclamó. Ni el mismo Ludwik, que había pagado por los versos. Durante algunos minutos sintieron más compasión por el novelista que por el amigo muerto. Miraron el cielo, miraron el fuego. Un poeta sin talento lleva inevitablemente al desconsuelo. Él es su propio poema triste, aunque nunca llegue a saberlo.

Eugeniusz llegó casi corriendo, con la sotana enrollada en la cintura.

Pensamos que te habían castigado, Ludwik abrió los brazos en espera del pésame.

Me tuve que brincar el muro como un vil judío, el cura jadeaba. Pidió un trago. Se sentó a descansar mientras bebía. Entonces le vino el apuro. ¿Qué diablos hacen ahí sentados? Pónganse a escarbar. Se quitó el birrete y palpó la calva. Sintió la pelusa que crecía. Necesito impoluta mi tonsura si he de recuperar mis beatíficos poderes.

Siempre cargo con navaja, dijo el barbero.

¿Qué tramas, padrecito?, Ludwik no se quería meter en líos con la autoridad. No era lo mismo desenterrar viudas que cadáveres de la policía secreta.

Antes de resucitarlo, hay que sacarlo. Si no, se nos vuelve a morir de asfixia.

Feliks está enterrado porque le pegaron un tiro en la nuca o porque se excedieron en la tortura. ¿De verdad quieres resucitar a un monstruo de cabeza agujerada o con los riñones deshechos?

Tal vez el milagro venga con todas las reparaciones, dijo Eugeniusz.

Anda, novelista, ensúciate un poco las manos. Kazimierz le entregó la pala con que Ludwik había aplanado la tumba. Él tomó la cruz de hierro para picotear la tierra.

¿A qué profundidad está?

Deben ser al menos dos metros, respondió Ludwik, pero no sé si esa gente respete las normas.

Eugeniusz se echó un chorro de vodka sobre la mollera. Santifícame, barbero.

El barbero desenvainó su navaja como valiente de barrio bajo.

Unos escarbaban, otro rasuraba, Ludwik daba indicaciones y Eugeniusz bebía.

Salud, padrecito.

Un metro escaso y ya habían encontrado las puntas de unos pies sin uñas. Por suerte la oscuridad disimulaba el revoltijo de la sangre con el lodo. Kazimierz lo tomó de un tobillo, el novelista del otro, y jalaron hasta sacarlo del foso.

Mala señal, dijo alguien. Debieron sacarlo cabeza por delante.

Bastaron el tamaño y el peso para darse cuenta de que había un error.

No me culpen. Ludwik sintió las miradas descontentas. ¿De qué otra forma se explica el sombrero de Feliks?

Quizás trabaja para los asesinos, dijo Kazimierz.

El barbero, que no estaba ni cansado ni enlodado, opinó otra cosa. Escarben más, tal vez él sí esté dos metros abajo.

Inténtalo tú. El novelista le entregó la pala.

Ludwik se metió en el pozo y palpó el fondo. No hace falta, brotó su voz. La tierra está compacta.

Miraron el cuerpo. Un hombre magullado en ropa interior. El rostro era mejor no verlo, pues por ahí la bala tuvo su salida. Aún podría reconocerlo una madre, una mujer amada; pronto sería un esqueleto misterioso, sin posibilidad de asignarle una biografía.

Esto significa que cuando vimos a Feliks en el auto negro, no iba en calidad de preso. Kazimierz echó un manojo de ramas secas en la fogata.

Significa que pronto lo veremos libre, y habrá que cuidarnos de él.

Tal vez su arresto fue una farsa.

El padre Eugeniusz estaba tan concentrado en realizar su milagro que no puso atención a la conversación de los otros. Se aproximó al cuerpo. Le echó un poco de alcohol.

Despierta, morador del polvo.

Al muerto no se le movió ni un párpado. Eugeniusz alzó los brazos y la mirada en espera de cualquier señal. Devolved el alma a este hombre, quienquiera que la tenga.

Padrecito, el barbero le dio una palmada en el hombro. Si el hombre está refocilándose con once mil vírgenes, lo primero que hará al resucitar es matarte.

Hay que devolverlo al foso, dijo Ludwik.

El novelista lo tomó por los tobillos; Kazimierz, por las muñecas. Mientras hacían los tres balanceos antes de arrojarlo, Kazimierz notó algo. Espera. Lo colocaron de vuelta en el suelo. Barbero, dame tu navaja. Con ella se lanzó sobre el cadáver. Se puso a picar y serruchar a la altura de la muñeca derecha. Un cazador destazando su presa.

Le vas a quitar el filo, protestó el barbero.

Es una mano con cuatro dedos, dijo Kazimierz, como si eso explicara su comportamiento.

La poca sangre que brotó era una miel oscura. La navaja no podía cortar hueso, pero fue hallando su camino por entre cartílagos y ligamentos.

Tan pronto la desprendió, Kazimierz se puso a recorrer otras tumbas en busca de un recipiente adecuado. Volteó macetas con flores. Todas tenían un agujero en el fondo. Algunas veladoras estaban en vasos muy pequeños, otras en cilindros abombados y sin base. En el sepulcro de un tal Kowalski halló un frasco de conservas que hacía las veces de florero. Metió la mano del muerto y volvió adonde sus amigos. Ya habían arrojado el cuerpo en el foso y se afanaban en echarle tierra. Kazimierz vertió los restos de vodka de dos botellas en el frasco.

Qué desperdicio, protestó el barbero.

La mano quedó con los dedos hacia abajo. A la luz de la fogata era una pieza de museo de historia natural.

Si tuviese así mi pierna en una botella, dijo el barbero, la besaría cada noche. Le compraría medias de seda.

En el frasco, el líquido se fue tornando cada vez más oscuro, hasta que la mano dejó de ser visible.

Una vez aceptado que no habría resurrección, Eugeniusz se marchó sin despedirse.

Los demás quedaron en silencio. No hubo apetencia de fiesta. Ese muerto los había puesto de ánimo sombrío. No se explicaban por qué habían tenido mejor disposición cuando pensaban que el cadáver era de Feliks.

Uno por uno se fueron yendo. El novelista se quedó junto a la tumba. Se preguntó si había llegado el momento de dar su novela por muerta. Aceptar que jamás regresaría. A un metro bajo sus pies tenía un cadáver sin mano. Sin nombre. Tal vez si recostaba la oreja en la tierra escucharía susurros que le contaran una existencia, a menos que los gritos de los otros miles y miles de muertos en Powązki se atravesaran para volver incomprensible cualquier mensaje. ¿Por qué, mi estimado difunto, habría de escribir algo sobre ti? Un muerto como tú no cabe en mi novela. Lo opuesto a un crimen pasional es el acto de jalar el gatillo contra un hombre de espaldas, arrodillado, con las manos atadas. Es un acto frío, impersonal a tal punto que si el ejecutor asignado se reporta ausente por gripe, cualquier otro puede sustituirlo. Dime si amaste a una mujer, si tuviste miedo, si aquí donde te encuentras sientes ganas de vengarte. Bonito habría sido que tu ejecutor pronunciara alguna frase como: Ella nunca será tuya. Le diré que te marchaste con otra. Esta misma noche la tendré en mi cama, temblorosa, ardiente. En cambio, habrá guardado silencio. Acaso te dio indicaciones sobre dónde arrodillarte. ¿Y tú? Aburridamente habrás rezado. Mentira que cada vida dé para una novela.

La fogata se apagó. Dejó escapar una hebra de humo.

Tú sólo puedes aparecer en una novela a modo de objeto. Con más sustancia que una silla o una estufa, pero a fin de cuentas un objeto que pesa, huele y se descompone. Cierto que algún novelista te haría salir del foso, andar igual que un sonámbulo y estrangular a quien te dio la muerte. Una obra para lectores imbéciles. Yo te dejaré donde estás. Sin palabras. No dudo que mañana alguien sepa quién eres, hable de tu suerte y te considere un héroe. Pero amigo, en esta ciudad con tanto muerto, los únicos héroes son quienes siguen vivos.

El novelista aprovechó el amanecer para recorrer las tumbas. Tal vez en una lápida descubriría la inscripción que tanto temía. Aquí yace una novela sin título, con una fecha imprecisa de nacimiento, pues éstas no vienen al mundo cuando salen de la imprenta sino cuando son concebidas, y una fecha de muerte muy precisa: 25 de septiembre de 1939.

Le angustiaba que tras una muerte tan prematura no estaría enlistada con aquellas obras de los antiguos griegos de las que sólo consta que un día existieron, ni aparecería en las crónicas sobre los libros que se destruyeron por razones políticas, religiosas o mero accidente; ni siquiera formaría parte del inventario de pérdidas de Varsovia, donde estarían inscritos contratos de compra-venta, actas de nacimiento y otros textos banales.

Ahí seguían el gobierno y la gente volcados en la quimera de reconstruir la capital, como si la esencia de Varsovia fueran sus fachadas. A él lo ignoraban, lo dejaban morir de hambre sin darse por enterados de que la verdadera Varsovia, la de antes de la guerra, estaba en las palabras de esas descripciones que él y otros escritores hicieron de sus calles, de sus habitantes, del modo de hablar; en el aroma de los mercados cuando había cosas que comprar y los judíos siempre aglomerados y los ladridos de los perros que a la postre se comieron; en la certeza de que la panadería estaba donde la dejamos ayer, y en las mujeres que se dejaban cortejar sin la suspicacia que les dejó la guerra, porque el amor era amor y no otra cosa.

A Varsovia le habían dado un tiro en la nuca, le faltaba una mano, las dos piernas, los dos ojos. Le faltaba el alma. Así que el maquillaje salía sobrando, y ni el padre Eugeniusz con una tropa de serafines podría resucitarla.

Pero tal vez de la memoria de lo perdido, de la nostalgia del pasado, entre tragos y lágrimas, a alguien se le ocurriría contar la historia de un novelista que perdió su manuscrito, y de boca en boca, esa novela se volvería espléndida; después, un clásico, y con el paso del tiempo, no sería como tantas obras que se basan en leyendas, sino que ahora las leyendas revelarían los detalles de esas páginas perdidas, donde las frases fluían igual que el agua en el Vístula, donde la vida era la vida que se esfumó. En los bares y cafés, en las casas y tertulias hablarían de aquel genio desconocido que escribió la más bella novela que nunca nadie llegó a leer.

Kazimierz se sentó a esperar en la banca de plaza del liceo. Venía decidido a hacerse del puesto de conserje. El conocimiento de la posición y los movimientos de los astros le aclaró cuál era su lugar en el universo. Por lo pronto, esa banca. Más tarde serían los pasillos, los baños de una escuela en una rutina apenas superada por un planeta que podía girar millones de veces sobre la misma órbita sin darse permiso de una locura espacial, de una juerga que lo llevase a otra galaxia y le otorgara mil días a los años y mil horas a los días; o que se detuviera de una vez por todas para crear la eternidad. Revolución le llamaban los astrónomos a cada repetición sin cambio. ¿Por qué los hombres armados le daban un significado opuesto a la palabra? A Kazimierz le vino una idea. Se presentaría ante la directora como especialista en revoluciones.

Tenía media hora esperando cuando alguien se sentó junto a él.

Anoche te armamos una ceremonia luctuosa, dijo Kazimierz. Ludwik fue tu viuda. Lo abrazamos mucho.

El reloj que traes puesto, señaló Feliks, creo que era de mi tienda.

Nunca da la hora correcta. O tal vez sí, porque su dueño no se rige con nuestros horarios.

En prisión los relojes son objetos repulsivos. Si las autoridades tuvieran cabeza, pondrían un enorme tictac en cada celda. Nadie se salvaría de volverse loco.

¿Y quién necesita presos locos?

Feliks se acercó a la muchacha de la recepción. Vengo por el anuncio, señorita. Ella señaló la banca. Él regresó a la espera.

Pareces más un alumno de la primaria que un maestro de liceo. Kazimierz le palmoteó un muslo. ¿De qué piensas dar clases?

Vengo por el puesto de conserje, dijo Feliks con la mirada en el suelo. En la celda teníamos un retrete para todos. ¿Y quién crees que lo fregaba a diario? Los domingos premiaban a los recién llegados con la limpia de fosas sépticas. Vi a más de un camorrista caer desmayado. Además, ¿de veras supones que el puesto de conserje es para lustrar la porcelana? Feliks bajó la voz al continuar. No, amigo mío, esa es la tapadera. El conserje vigila a los estudiantes, delata a quien haga una pinta contra el gobierno, al que dibuje en la letrina una caricatura del líder, al que con la excusa de estreñimiento se encierre a leer prensa extranjera.

¿Por qué no vamos a beber algo? Hay que festejar que sigues vivo.

Eso digo yo. ¿Quién pierde el tiempo en buscar empleo?

Ambos salieron pasándose el brazo sobre el hombro, como aquel día en que no murieron. Eran dos compañeros de andanzas que planeaban distraerse uno al otro, emborracharse, traicionarse el uno al otro, para volver a solas en la primera oportunidad y hacerse del puesto de conserje.

Esa noche, embriagado y dichoso, Feliks volvió a su casa de Różana 73. Intrigado porque su llave no encajaba en la chapa, se puso a zarandear el tirador y a darle patadas a la puerta. Comprendió su error después de que abriera un hombre obeso de uniforme militar, tal vez de general, y lo insultara en ruso con palabras que Pushkin nunca usó. Se dio la vuelta y caminó, triste y lejos, a ese tugurio al que no quería llegar, en el que tanta soledad le haría extrañar a sus compañeros de celda, así roncaran, así apestaran.

Kazimierz sacó del frasco la mano de cuatro dedos. La dejó secar unos minutos para desechar el olor de alcohol. Era una mano grande, flexible. El pulgar tenía uña. Los demás dedos no. La usó para lisonjearse el pecho. Hizo varios ensayos hasta dar con esa delicadeza cercana al cosquilleo que transmite halago y placer.

En la habitación, Marianka estaba tumbada, inconsciente luego de su jornada en el hospital. Kazimierz se acostó junto a ella y pasó la mano del muerto por la espalda desnuda.

Marianka despertó y se descubrió en la habitación de siempre. Como siempre, sin su hombre.

Intentó dormir de nuevo, con la sensación de haber experimentado algo más sólido que un sueño.

La segunda vez que Kazimierz la acarició con mano ajena, Marianka mantuvo los ojos cerrados. Piotr, susurró. Se dejó tocar. Palpó el rostro, el cuerpo que tenía delante. No era Piotr, nunca sería él. Y sin embargo se sintió transportada al pasado, a esa cama de hospital, entre moribundos que deliraban con fiebre y gritos.

La mano pasó de su espalda al cuello, al pecho. Piotr había vuelto. Apestaba a sudor, a pólvora.

La fantasía se volvió tan real que acabó por engañarla.

Y Marianka abrió los ojos.

Ahí estaba Kazimierz. Una hiena saboreando carroña.

Ella había visto mucho en esos seis años. En el hospital tuvo quemados, amputados, vientres que no cerraban, rostros que ya no estaban, gangrena que no cedía. Moribundos que irremediablemente se enamoraban de ella porque era la última mujer que verían. Porque se negaban a morir por algo abstracto como la patria. No, Marianka, muero por ti. Ella les ponía la mano en el hombro para que no se fueran solos. En esos momentos, su mano era toda una mujer; todas las mujeres.

Ser enfermera equivalía a ser viuda, y en los días más cruentos de la insurrección esas mujeres de blanco enviudaban una, dos, diez veces por jornada y se preguntaban si el uniforme habría de ser negro, con velo y una lágrima estática en la mejilla.

Ahora ante sus ojos estaba Kazimierz. Viejo. Seco. Con una sonrisa purulenta. También era un sentenciado a muerte.

Marianka no veía la mano que la acariciaba. Le bastaba con sentirla.

Acercó su rostro al de Kazimierz y lo besó. Como si lo amara, como si en otro tiempo le hubiese dicho incontables y banales frases.

Sin ti no podría…

Tus ojos…

Porque ella sabía que ahí en la cama, trenzando su cuerpo, no estaba tan sólo ese Kazimierz sino todos los hombres que la amaron, cada uno de los que murieron delante de ella, los que no volvieron de los campos de batalla. Todos los hombres que desearon a una mujer.

Tú y yo…

Siempre tuya…

Y ahora era su privilegio dejarse poseer por todos los hombres de la tierra. Los vivos y los muertos.

Porque en esa totalidad tendría que estar Piotr.

Piotr cuando se amaron. Piotr cuando le aseguró que volvería. Piotr cuando lo llevaron al cuarto de calderas.

El obsceno cuarto de calderas de la prisión de Mokotów.

Llegó a empujones con las manos atadas por la espalda, los ojos vendados. Dolorido de tanto golpe. Tuvo que pensar en Marianka mientras a su espalda jalaban el gatillo. No pudo haber pensado en otra cosa.

Suena el balazo.

El rostro de Piotr queda sin expresión. Nada indica que alguna vez amó a una mujer.

En el rostro de Kazimierz no hay alborozo.

En el de ella no hay espanto.
La mano del muerto yace entre los dos.
Mullida.
Purpúrea.
Hermosa.

San Eugenio de Varsovia recorrió su ciudad. Se paró ante la catedral de San Juan y le ordenó reedificarse. Como ninguna piedra se movió, decidió otorgarle un plazo de tres días. Pensó en ir al distrito de Praga, pero el Vístula no dividió sus aguas y él no estuvo dispuesto a cruzar por el puente como cualquier mortal. Tenía rato de no pararse en el convento, pues cuando regresó de aquella noche de entierro el superior lo echó. Ve a hacer penitencia, le ordenó. A visitar a los enfermos. Durante la guerra lo obligaron a hacer visitas a los hospitales, mas siempre fue con los heridos. Mejor evitar a los enfermos. No fuera a ser un contagio.

La gente en la calle lo saludaba con una leve inclinación, los hombres se quitaban el sombrero a su paso. Estúpidos, murmuraba Eugeniusz para sí. Un día sabrán que debieron besarme los pies.

Había caído en la cuenta de que los escombros no se levantarían a su paso ni le crecerían piernas a los cojos, pero la noche anterior sí había ocurrido un prodigio. Sin duda Feliks era la persona que se hallaba enterrada en Powązki cuando él llegó, mas el milagro no había sido una resurrección simple, pues Ludwik tenía razón. ¿Para qué sacar del sepulcro a un hombre con agujeros en el cráneo? Esa noche debió ocurrir un proceso similar al de la carne que se convierte en pan o el pan que se convierte en carne, una transmutación del cuerpo y transmigración del alma para que el bueno de Feliks apareciera sano y salvo y contento en algún sitio de Varsovia. Aún no dilucidaba el proceso mediante el que se habría realizado el prodigio, mas no podía aceptar la mediocre explicación que dieron sus amigos. Necesitaba revisar sus textos de teología. ¿La carne podía convertirse directamente en otra carne o debía hacer escala en un pan? ¿Cómo se realizaba un intercambio de almas entre dos cuerpos distantes? Según había leído, existía el riesgo de que el alma viajera aterrizara en un cerdo. Luego había que echar el cerdo por un acantilado.

En su andar se encontró de nuevo con el novelista, que llevaba en sus manos dos kilos de patatas.

Un tesoro, Eugeniusz las palpó.

Fueron juntos a una destilería y las canjearon por un litro de vodka.

Tengo tu máquina, dijo Eugeniusz.

Sólo sirve para escribir obras maestras que ya están escritas.

El cura empujó la botella hacia el novelista. Bebe, hijo, y dime si te gustaría escribir mi evangelio.

El novelista dio un trago.

En el principio era el padre Eugeniusz y una ciudad en ruinas y la muerte y un río que fluía igual que cuando no había muerte ni ruinas ni ciudad ni Eugeniusz.

Sí, hijo, bebe más, dame las generaciones, déjame provenir de algún duque lituano.

Gediminas engendró a Algirdas, y Algirdas engendró a Vladislao Segundo, y Vladislao Segundo engendró a Casimiro Cuarto, y Casimiro Cuarto engendró a Segismundo Primero, y Segismundo Primero engendró a Segismundo Segundo, y Segismundo Segundo no engendró a nadie, por lo que aquí hace falta el mito de una honesta prostituta que el rey confunde con princesa, el niño que fue parido y abandonado, las veintiocho generaciones de hortelanos de apellido Nowak, y el alumbramiento de una mujer en el campo mientras ordeñaba la vaca, porque era necesario que Eugeniusz naciese un frío día de invierno con augurios de infortunio.

¿Eugeniusz? ¿No habrías de llamarme San Eugenio de Varsovia?

Eso viene después de tu martirio.

¿No basta con haber resucitado muertos?

Mi querido Eugeniusz, ¿no te enseñaron nada en el seminario? Cualquiera hace milagros. A la santidad se llega mediante el tormento. Tu iglesia no nació de los prodigios del nazareno, sino del suplicio de la cruz. Piensa en un método adecuado. Tiene que ser lento y público, así tendrás tiempo para pronunciar alguna sentencia.

¿La hoguera?, propuso Eugeniusz.

No, padrecito. La madera crepita, el humo hace toser y el ejecutado suele gritar. Es que el fuego le saca al hombre sus terrores más primitivos. El crucificado se está muy quietecito, mientras que en la hoguera se lucha en todo momento por huir.

Eugeniusz fue proponiendo más métodos. Todos los rechazaba el novelista.

¿Aceite hirviendo? No harás más que chillar. ¿Silla eléctrica? Muy contemporáneo. ¿Guillotina? ¿Horca? ¿Paredón? Ahí no hay tormento.

Eugeniusz se exasperó. Ya sé adónde me quieres llevar, y no lo acepto. La cruz ha triunfado porque es bella para representarse en pintura y escultura, salvo con San Pedro de cabeza. San Sebastián es un poco grotesco con su aspecto afeminado y tanta flecha atravesada. La gente puede adorar las imágenes de santos devorados por leones, porque las imágenes suelen ser de un momento en que apenas tienen rasguños. Pero un empalamiento no lo acepto. ¿Quién querría una estampa, una figura, un retablo de san Eugenio de Varsovia en su mortificación?

Entonces serás un milagrero; nunca un santo.

Eugeniusz dio varios tragos a la botella. No es la tonsura ni los resucitados lo que me da la santidad, sino este líquido. Poca falta me hacen los mimos de un pontífice o la fe de los creyentes. Un poco más de este elíxir de los dioses y estaré a la derecha de quien de veras manda en estas cosas.

¿Tenemos suficiente?

Eugeniusz sacó otra botella de su mochila de últimos sacramentos. Anda, ya verás cómo hacemos milagros.

Una docena de tragos más allá, Eugeniusz flotaba entre querubines. Del cielo bajaba una voz que decía: Este es mi hijo el bienamado.

¿Puedes sentirlo, amigo mío?

El novelista asintió con los ojos cerrados. Puedo ver cientos de hojas en blanco que poco a poco se empiezan a llenar de palabras. En la página ochentaidós comienza el capítulo cuatro, en la trescientos veintiocho surge la palabra fin. Las hojas se reúnen en un libro, la portada es una imagen del Vístula y hay filas de lectores en la librería. Es mi nombre el que está impreso en las pastas, no el de un nazi ladrón, no el de un ruso, no el de un sueco.

Llegó un policía a decirles que no podían beber en una plaza pública. Eugeniusz le lanzó un soplo divino para hacerlo desaparecer.

En la acera frente al edificio de Siedlecka 45, Feliks encontró a una mujer. Por aquí no pasa nadie, le dijo. Ella se encogió de hombros. En los patios del ferrocarril se escuchó un chirrido.

De la gorra de piel se asomaba una melena entrecana. El rostro abultado encubría las arrugas. Su espalda ancha era digna de tallar ropa ajena. A Feliks le hubiera parecido perfecta de no ser por el olor a tabaco.

Hoy viene usted conmigo.

Subieron la escalera al segundo piso. El departamento estaba casi desnudo. Olga se había llevado las cobijas, los retratos. Dejó un jergón de paja, una sábana vieja. Algunos enseres. Un poco de comida sobre la mesa. No había libros.

Siéntese, señora, por favor, Feliks acomodó una silla. No tengo mucho que ofrecerle.

¿Café?

Él buscó en las gavetas. Encontró suficiente para dos tazas. Tomó agua de una vasija y la puso a calentar.

Minutos después estaban frente a frente en la mesa. Ella soplaba a la taza. Daba sorbos pequeños sin hacer ruido.

Señora, quiero que me cuente un cuento.

La mujer alzó la vista sin levantar la cara. Bebió un poco más de café.

No me avergüenza danzar desnuda delante de los hombres, pero lo que tú me pides…

Inténtelo, señora. Feliks empujó su taza hasta el territorio de la mujer.

Ella balbuceó algunos monosílabos, como si afinara la voz. Luego soltó la lengua.

En el bosque de los Pinos vivía una joven rubia, muy hermosa, que iba cada mañana a recolectar zarzamoras. Un día, el príncipe salió de su castillo para recorrer el campo…

Feliks dio un manotazo sobre la mesa. Lo sé. Fueron felices para siempre. ¿No tiene otra cosa qué contarme? Para eso hubiera invitado a una colegiala.

Volvieron a sonar rechinidos de ruedas de algún tren. Feliks supuso que pronto se acostumbraría a esos y otros ruidos del barrio al punto de ya no escucharlos.

¿El de la niña ciega?, preguntó ella.

Ahora sí nos vamos entendiendo. Feliks se arrellanó en la silla.

Esta vez la mujer habló sin titubeos. La niña había perdido la vista porque una lechuza le picoteó los ojos. Durante su infancia hubo de ocuparse de los cerdos, las coles, fregar los pisos.

Feliks dejó la silla. Se acomodó en el cálido regazo de esa matrona.

La niña ciega tuvo algunos lances, se enamoró sin ser correspondida, tejió un mantel sin proporciones. Para cuando quedó atrapada en una ventisca sin posibilidad de ser rescatada, la cabeza de Feliks se apoyaba en los senos de la mujer, y ella mecía el cuerpo para arrullar a su niño bonito.

El barbero desenfundó sus tijeras cuando se vio rodeado por tres hombres. Es mejor que nos acompañe sin resistencia, dijo uno. Iban armados, pero no tenían intención de disparar a media calle contra un cojo. Preferible mostrarse como gente pacífica que era agredida por ese enloquecido peluquero. Uno lo abrazó por la espalda. Él pataleó con tal ímpetu que su pata de palo salió volando. Alcanzó a gritar algunos insultos antes de que el hombre lo estrujara al punto de la asfixia. Conoció el significado de la indefensión. Si tan sólo fuese una frágil damisela no sentiría la vergüenza que lo abrumaba. Bajó los párpados y dobló la rodilla. Los otros dos hombres lo tomaron por los brazos y lo arrastraron hacia un vehículo militar. Él recuperó el aliento, ya no para luchar sino para maldecir a Marianka, esa desalmada que lo había condenado al amputarle la pierna.

Uno de los hombres tomó el volante. Otro se metió en la caja para vigilar a su pasajero. El tercero echó la silla de barbero y los enseres en la carreta. Se montó en ella y de un fustazo ordenó al caballo que emprendiera el trote.

Ludwik atestiguó todo desde la otra esquina. Había amanecido con ganas de una afeitada. Ahora tendría que dejarse crecer la barba.

Recorrió la zona de la batalla perdida.

Justo en el centro del cruce de las calles, donde no se puede saber si se está en Gęsia o en Smocza, yacía la pata de palo. Se acuclilló para mirarla. Mentira del barbero que le hubiese ensartado navajas. Ni siquiera le había sacado filo a la punta metálica. Ludwik recordó un títere que le regalaron cuando era niño. Ambas piernas estaban hechas de madera. Eran mucho mejores, con articulaciones en el tobillo y la rodilla. Los dedos de los pies muy bien torneados.

Tomó la pata con la delicadeza que exige la frágil cintura de una señorita. No había en toda Varsovia mejor pista de baile que esa cruz de calles sin tránsito y repleta de judíos inmateriales.

Lanzó unas monedas hacia los escombros. Vamos, hijos de Israel, toquen un vals para despedir al amigo.

Sonaron violines suaves y Ludwik condujo la pata de palo señorita frágil con el suave ritmo de un dos tres, un dos tres, al tiempo que el barbero sin pata se bamboleaba al son de los baches en el veloz vehículo militar que iba ni el diablo sabe adónde. Ludwik cerró los ojos y besó el trozo de leña que para caminar servía y quizás para correr. Ah, qué bella es la tristeza, decía la pata de palo señorita bonita; los lamentos son exquisitos, las lágrimas brillan. Los violines se dejaron acompañar de clarinetes. Los espectros moradores de esas casas deshechas se acercaron a la pista. ¿Por qué no? Se dijeron con la mirada. Mejor se baila cuando se flota. Todos vestían de negro. La pareja podía ser una mujer, un muchacho, un ladrillo, una tabla, un tubo retorcido o alambre de púas. Uno dos, uno dos, el baile algo tenía de marcial. Las sonrisas eran muecas de nostalgia. Amores perdidos, vidas perdidas, todo perdido. Señorita pata de palo hechizada, enamorada. Que nadie interrumpa la música. No cuando todavía hay vino en las barricas y en el horno se cocina un pollo. No cuando hay tanta belleza en las muchachas.

Una pareja de ancianos se dejó ver por ahí. El hombre tomó a la mujer de mano y cintura. Se esforzaron de todo corazón por entrar en el mundo, en la vida. Por favor, murmuraba ella, por favor.

Luego de algunos compases, se dieron por vencidos. La mujer besó a Ludwik en la frente. Se marchó de prisa.

El hombre, cabizbajo, tomó otra dirección.

Uno dos, uno dos.

Según propuso Ludwik, la noche sería para celebrar el retorno de Feliks y la partida del barbero. ¿Quién?, preguntó Feliks, y le contaron los inciertos fragmentos de la biografía de ese hombre que soñó haber cortado cabelleras en el hotel Polonia.

Echaban de menos la carreta. Ahora tendrían que volver ebrios a pie a sus casas, con el añejo peligro de confundir la rosa de los vientos.

El más atribulado era Eugeniusz. ¿Acaso cualquier barbero podía renovarle la tonsura? ¿O el poder estaba en esos antiguos instrumentos oxidados?

Le advertí que debía disimular su ausencia de pierna, dijo Kazimierz.

Maldijo a Marianka cuando se lo llevaban.

Tal vez lo tienen en un laboratorio junto con otros amputados. Los enfrentarán al monstruo que construyeron con sus partes.

Se hallaban en el pedestal de la estatua de Chopin, donde el compositor de bronce pasó años tocando un piano invisible hasta que los alemanes decidieron cortarlo en trozos y fundirlo.

Lo mismo pasa con las estatuas de Varsovia, dijo Ludwik. Podemos armar una figura con la cabeza de Chopin, las piernas de Copérnico, los brazos de Segismundo y el torso desnudo de Cristo.

La pata de palo estaba en el centro. Quedaba por debatir si habrían de quemarla o enterrarla. No la iban a desechar, pues en invierno ningún trozo de madera era basura.

Cuando hablaron del sombrero junto a la tumba y del muerto al que Kazimierz había cortado la mano de cuatro dedos, Feliks guardó silencio.

En verdad pensamos que eras tú. Ludwik estaba desilusionado por ya no ser viuda de nadie.

Eugeniusz no dijo nada por verlo vivo; esa noche no quería hablar de resurrecciones.

Bebieron, como de costumbre, pasándose la botella.

De cierto les digo que a uno de ustedes he de entregar, Feliks no los miró a los ojos. Así es que echen suertes.

No hubo de explicar nada. Todos sabían que un ex presidiario podía ser un delator.

Entrega al cura, propuso Kazimierz. Últimamente asegura que realiza milagros. Eso no le gustará nada a los bolcheviques.

Los torturadores estarán muy contentos de flagelar a este santo varón. Feliks palmeó la espalda de Eugeniusz.

El cura no rechazó por completo la idea.

¿Cómo torturan en Mokotów?

Hay una mujer que golpea y pellizca a los hombres ahí donde son hombres. También hay un tipo que arranca las uñas. Si bien, lo ordinario son golpes, agua fría, amenazas. En mi primer interrogatorio yo estaba muy preocupado. Pensé que si me pedían información que yo ignoraba me iban a atormentar sin descanso. Luego me di cuenta de que ya tenían escritas las respuestas. Lo único que pedían era mi firma.

No me sirve si sólo quieren que les firme un papel, dijo Eugeniusz. Para convertirme en mártir, el novelista sugiere una tortura en forma.

De nada te valdría con los bolcheviques, porque la versión oficial dirá que moriste de sífilis.

El alcohol se fue agotando. Dejaron de interesar las realidades de la muerte y la tortura. Ahora en el mundo había vida y amor y música y juventud. Kazimierz adoptó la posición que había tenido la estatua de Chopin y comenzó a tocar ese piano invisible. Porque yo sí tengo los dedos completos. Y aunque no me sirva la mano para acariciar, sí puedo contar del uno al cinco.

Feliks habló de un piano al que se le podrían adaptar cables telegráficos para que se enviaran mensajes secretos en forma de sonata.

Recordaron cómo se había tocado la *Marcha fúnebre* de Chopin en cada rincón de Polonia cuando llegó la noticia de la muerte del Führer. Por primera y única vez esa marcha fue música alegre.

Eugeniusz abrió su mochila. Extrajo un ánfora de cristal con un líquido turbio. Damas y caballeros, anunció, les regalo la gloria.

Ludwik encendió un cerillo para ver mejor. ¿Qué trae dentro?

Me parece que es coñac.

No me refiero al líquido, sino al molusco.

Feliks y Kazimierz se acercaron.

Ninguno podía decir que conociera la historia del corazón de Chopin, pues la propia historia no existía. El cuerpo del músico estaba en París; su corazón, en Varsovia. Fuera de eso no había mucho que contar. Cada quien imaginaba los huecos que los cronistas de la época no se dignaron a llenar. Feliks imaginaba al compositor en una piedra de sacrificios azteca, donde un monje con taparrabos y cuchillo de obsidiana le extraía el corazón.

Sobre el resto tampoco se ponían de acuerdo, pero juntos armaron un relato en el que Ludwika, la hermana de Chopin, lavaba bien el corazón con agua tibia y cortaba con tijeras alguna vena que hubiese quedado larga de más. Supusieron que no había recibido el apoyo de algún médico, pues en vez de llenar el ánfora con líquidos de embalsamar, había elegido el coñac, como cualquier naturalista espontáneo. Una vez el corazón sumergido, la hermana hubo de hacerlo palpitar con la mano para sacarle el aire.

¿Lo trajiste para mostrarlo?, preguntó Ludwik.

Mi querido amigo, dijo Eugeniusz, nos lo vamos a beber hasta el fondo.

He visto botellas con pimientos, con hierbas, frutas y canela. Sé que los mexicanos les meten gusanos. ¿Pero un corazón?

Hablaron del viaje. Según sus cálculos, en aquel entonces Varsovia ya estaba comunicada con Viena por ferrocarril. De modo que imaginaron un recorrido de París a la capital del Imperio Austriaco y de ahí con rumbo norte, a la estación en la esquina de Marszałkowska y Jerozolimskie. Ludwika llevó toda la travesía el ánfora en su regazo, pasando varias fronteras y aduanas, mostrando sus documentos y respondiendo preguntas. ¿Qué lleva ahí, señora? Ludwik opinó que la mujer sería breve en responder: El corazón de mi hermano. Eugeniusz propuso una versión más emotiva. Señor inspector, señores pasajeros, aquí llevo el corazón que más intensamente ha latido en el hombre, un corazón de metrónomo, de compás, de re fa sol. Feliks tenía otra idea. El corazón venía en una maleta, entre zapatos y enaguas. Ludwika estaría fastidiada, maldiciendo a su hermano. ¿Por qué los artistas han de tener estos estúpidos caprichos? Fryderyk, ¿qué más te daba dejarte enterrar completo en Père Lachaise? ¿Por qué el corazón y no un ojo? Un mechón. Los dedos, Fryderyk. A fin de cuentas, la historia te recordará por tus dedos.

¿Quién será el primero?

Ludwik acercó otro cerillo. El temblor de la llama les hizo ver que el corazón palpitaba.

Kazimierz no esperó a que alguien respondiera. Él mismo se puso a forcejear con la tapa de la urna. Al abrirla, brotó un aroma que no era de muerte ni de coñac.

Es el genio de Chopin, dijo Feliks. Seremos como dioses.

Kazimierz acercó la boca a la urna y sorbió un poco. Hizo el gesto de quien mira una obra de arte sin entenderla. Continuó bebiendo.

Quiero. Eugeniusz alargó los brazos.

Esperemos unos minutos, sugirió Ludwik. Aprovechó para ostentar sus conocimientos de preservación. Los especialistas utilizan salmuera, nitratos, algunos sulfatos de aluminio o cloruro de mercurio. También la trementina y el alcanfor. Hay quienes recomiendan una solución con arsénico o cianuro, que mata lo vivo y conserva lo muerto. Si la hermana de Chopin no recurrió a un médico es porque necesitaba la ayuda de un taxidermista y vaya uno a saber si esto es coñac puro. En fin, lo que quiero decir es que aguardemos un rato hasta asegurarnos de que nuestro amigo no muera.

Kazimierz no mostraba indicios de envenenamiento. Continuaba dando sorbos al licor.

Sigo yo. Feliks paladeó el líquido unos segundos antes de pasarlo. Esto sabe a néctar venido no de las uvas sino del fruto prohibido.

Son casi cien años de añejamiento. Eugeniusz aprovechó su turno para dar un trago sediento.

Más de un siglo, ahora bebió Ludwik, si tomamos en cuenta el tiempo que el coñac pasó en la barrica.

Hubo segunda, tercera y más rondas. Si de verdad Eugeniusz podía hacer milagros, ojalá fuera la multiplicación de ese alcohol.

Anda, padrecito, concédenos esa gracia.

El ánfora se fue vaciando sin escuchar sus ruegos. Feliks se puso a silbar un *étude*. En los oídos de sus amigos fue el sonido de un piano de cola con el gran maestro al teclado. Bravo, aplaudieron antes de que llegara la última nota. Tal era su entusiasmo. Chopin los miró con desilusión. ¿Tanto han cambiado en un siglo?, les preguntó. El público polaco solía ser el más exquisito. Nadie osaba toser o carraspear hasta que la pieza terminara.

Ellos inclinaron la cabeza. Mas cuando el piano soltó un par de notas, de nuevo se pararon de sus butacas. Bravo, maestro. Ludwik le enviaba besos de labios entrompados. *Bravissimo*. Chopin sonrió, cosa que casi nunca hacía, y recorrió completa una mazurca entre vivas y brindis por la música que era vida y por las mujeres que eran música.

Para cuando el maestro terminó la segunda mazurca, el ánfora se había vaciado.

No estén tristes, amigos del alma, dijo Ludwik. El buen Chopin nos tiene reservado un gran final. Sacó el corazón del ánfora que lo había retenido y conservado desde aquel lúgubre día de octubre de 1849. Por sí mismo constituía una pequeña garrafa que aún guardaba algunos tragos. Ludwik succionó la arteria pulmonar. Sintió en el paladar una suave miel. Compañeros, suspiró, los ventrículos añejan mejor que cualquier barrica de roble.

Luego la sorbió Kazimierz mientras Eugeniusz chupaba la vena cava. Dos enamorados compartiendo una limonada.

Ya no sonaba el piano, y sin embargo Chopin les ofrecía su obra maestra.

En su turno, Feliks succionó hasta escuchar el gorgoteo del inminente vacío.

Todavía Kazimierz sostuvo el corazón sobre su boca y dejó que sin prisas cayeran en su lengua doce gotas.

Ludwik se tiró de espaldas a mirar las estrellas. Nocturno en si bemol para cuarteto de ebrios, opus setentaicinco.

Kazimierz se recostó junto a él. Tal vez Copérnico tenía razón, pero sólo mientras Chopin lo permitiera, pues ahora mismo las esferas celestes bailaban fuera de sus órbitas; el centro volvía a ser la tierra, y más justamente era Varsovia, ese pedestal donde ya no estaba el monumento del pianista, pero sí su corazón.

Feliks amaneció huérfano en una banca del parque Łazienki. Soy un indigente, se dijo. Qué alegría. Por fortuna no había helado esa noche. Los zapatos, aunque húmedos, seguían en sus pies.

De camino a casa, visitó su tienda de rapiña. Halló polvo. Se llevaron hasta la puerta y los cristales. Quieren mostrar su poder y se portan como pordioseros. No voy a lamentarme. Así pasa en los cuentos: se roban la gallina y hay que encontrarla o dejar que se la coman.

Recordó aquel relato de las muchachas de Wilko. El hombre andaba y andaba sin que nada ocurriera. Se impacientaron hasta los presos, que tanto saben de la paciencia. Si Bojarski estuviera vivo y libre, a Feliks le gustaría beberse unos tragos con él. Pero si a Popiel se lo habían comido las ratas, entonces tenía que ocurrir todo lo que se llamaba destino. Qué lástima, capitán Bojarski. Fue tu mala estrella. Nada tuvo que ver la confesión que yo firmé.

La bodega estaba igualmente vacía. ¿Por qué las autoridades no le habían armado un lío por la máquina Enigma? ¿Era posible que hubiese desaparecido cuando pronunció aquellas palabras mágicas? Cierto que se trataba de un modelo antiguo, de los años veinte, pero tan digna de levantar sospechas como la más moderna.

Barrió el suelo con los pies, por si hubieran dejado ahí tirada una joya, una moneda. De todo el saqueo, se conformaría con recuperar un gramófono. No tenía intención de pedirle a Kazimierz el reloj de Sirota ni el libro de Copérnico. No quería más ser comerciante.

Tampoco soldado ni héroe de la patria.

Ni marido de Olga.

Mi amada Olga, piensas que sobreviviste a la guerra, pero tú ya estabas muerta antes del primer bombardeo.

Ahora Feliks lo tenía claro. La muerte le había llegado a Olga sin sorpresas, a mediados del cuento de las calabazas misteriosas. Estaban uno junto al otro en el sofá. Justo cuando la duquesa hacía un hueco en una calabaza para guardar su collar de perlas, Olga cerró el libro. Esto ya lo leímos. Es distinto a la vez anterior, dijo Feliks. Ahora los cabellos de la duquesa son castaños, el collar tiene perlas gordas, veintidós en total, la calabaza es perfectamente redonda y por el cielo va pasando una parvada de cigüeñas rumbo al sur, porque es otoño. Olga le extendió el libro. Aquí no hay nada de eso. Feliks no miró el libro, sino los ojos de su mujer. Ahí era donde no había nada de eso.

Al salir de la tienda sintió la necesidad de cerrar la puerta, poner un candado, bajar la rejilla metálica.

Volvió a casa por calles enlodadas. En un principio contó los pasos para entretenerse. Entró en un sopor al cruzar el puente. Ahí corría un viento frío. Había que encogerse, poner la mano sobre el sombrero.

Llegó a Siedlecka 45. En pocos días la había aceptado como su casa. Subió las escaleras y abrió la puerta chirriante. No fue a la cama. Se sentó en una silla y apoyó la frente sobre la mesa.

Te estuve esperando, clamó la mujer.

Feliks no respondió. Escuchó pies descalzos acercarse. Sintió un golpe en la nuca con la mano abierta. La mujer puso a calentar agua para el té.

Toda la noche. No me lo vuelvas a hacer. El olor de tabaco salía con cada palabra.

No, señora, musitó Feliks y echó un vistazo a su alrededor. Sí, esta era su casa.

A Ludwik le asaltó una sensación de juventud. Se sentía con fuerzas para cavar cien tumbas. No le cabía duda de que Powązki era el más bello de los parques de Varsovia. Además, con ese muro que lo separaba del cementerio judío, representaba muy bien el espíritu de la ciudad. El ellos y el nosotros.

Antes de la guerra, si soplaba un viento propicio, Ludwik alcanzaba a escuchar el llanto de las judías. Sonaba distinto al de las mujeres de Powązki. Tenía un volumen y un tono más alto. Expresaba un dolor hondo y milenario. Con la guerra se escucharon otras cosas. Metralla, gritos, pistoletazos; nunca lloriqueos. Maquinaria pesada que rechinaba mientras hacía fosas profundas. Ahora, al otro lado del muro, los días pasaban en silencio. Los muertos ya estaban muertos y quedaban muy pocos vivos que fueran a necesitar un día de alguna de esas tumbas. Sólo ocasionalmente, como en todo cementerio, los espíritus se reunían a cantar. Del otro lado del muro no salían lamentaciones de sinagoga sino ritmos que invitaban al festejo. Lo poco que se cantara en polaco, Ludwik lo entendía, si bien las tonadas eran sobre todo una mezcla de yídish, alemán, hebreo, ladino y esperanto, con violines, clarinetes, trompetas. Palmas que llevaban el ritmo. Él mismo se puso a danzar en las contadas ocasiones que atestiguó la fiesta de los muertos de Israel. En esos momentos se preguntaba por qué un muro había de dividirlos. Le daba rabiosos puñetazos a los ladrillos. Luego terminaba la música. El silencio no los hacía tan hermanos, y Ludwik se avergonzaba de sus emociones. El muro estaba bien ahí, se decía. Acaso habrá que hacerlo más alto y más ancho.

Visitó la tumba de Bolesław Prus. Según sabía, a él también le habían quitado el corazón y lo tenían en alguna iglesia de Varsovia. Pensó en el mariscal Piłsudski, que luego de ganar mil batallas y gobernar a los polacos con mano firme, tuvo el sentimentalismo de enviar su corazón al sepulcro de su madre en una ciudad que acabó por quedarse fuera de Polonia. Lo que no previó el buen hombre fue que también le iban a sacar el cerebro quesque para estudiarlo. La gente visitaba su tumba en el castillo de Wawel, le dejaban flores y lisonjas de papel. ¿Pero qué es un cadáver sin corazón ni cerebro?

No acababa de resolver si el asunto de extraerse un órgano era chifladura o lo correcto. Tal vez cada viuda debería tener en casa un pomo con el corazón, los ojos o la lengua del marido. Brindo por ti, diría con cada trago.

La señora Kukulska entera debió conservarse en el vino de una barrica para el goce de las siguientes generaciones. Una vez al año se extraerían doce botellas, y la barrica habría de llenarse con vino joven, como en la mejor de las soleras. El vino añejaría para que ella no tuviera que hacerlo.

Sí, se dijo, así debería ser. Darle al muerto otra suerte. De nada sirve llevarle flores al cementerio, venir a conversar con él, rezarle, si ya se le abandonó en el peor de los mundos. En la más grande oscuridad, a merced de los gusanos.

Hizo un ademán de indiferencia. No iba ser él quien cambiara las costumbres del ser humano. Mucho menos cuando llevaba años viviendo de ellas.

Tomó sus implementos de jardinería y fue a limpiar unos arriates con flores secas.

Marianka tenía la mañana entera mirando el frasco de la mano del muerto, que ahora estaba inmersa con los dedos hacia arriba. Dentro no había peces que burbujearan, pero ella igual se dejaba fascinar. ¿Puedo ponerle el anillo?

Es la mano derecha, dijo Kazimierz. Sirve para acariciarte y golpearte.

Los extremos del amor, ella cerró los ojos. Acepto.

Él extrajo la mano. Con ella le dio una bofetada. El alcohol salpicó, escurrió por la mejilla de Marianka.

Acuéstate, le ordenó Kazimierz o Piotr, el vivo o el muerto.

Ella protestó. Dio un paso atrás.

Él volvió a levantar la mano. Ahí la sostuvo hasta que Marianka se echó boca abajo en el colchón. Kazimierz le alzó un poco la falda. Hoy no tengo tifoidea, quemaduras de tercer grado ni peste negra.

Empezó por los tobillos, igual que con la señora Kukulska.

¿Me amas?

Sí, dijo ella, y tembló. Quién sabe por qué.

Al despertar, Eugeniusz percibió un olor de pepinos fermentados. Vio el corazón de Chopin sin alcohol en la urna destapada. Cuando iba a poner la tapa, una bandada de puntos negros se echó a volar. Eugeniusz manoteó sin atrapar ninguno. Treintainueve años latiendo, casi cien en el bote, y en unas horas yo lo convierto en podredumbre. Lo colocó junto a la ventana, donde la temperatura era más fría, y salió a buscar una botella de coñac o vodka o hidromiel o lo que fuera.

Dos botellas, se dijo, por si en el camino de regreso le daba por beberse una.

Ludwik regresó al pedestal del monumento de Chopin. Ahí donde debía erguirse el compositor, estaba la pata de palo del barbero. Disculpa, amigo, te dejamos olvidado. Si te hubiese hallado otra persona, ahora estarías dando fuego para calentar un potaje. Se preguntó si sería mejor dejarla ahí, ponerle una placa que no hablase de conciertos ni mazurcas, sino de un varsoviano que sabía cortar el pelo como los ángeles. En las placas valía exagerar. De hecho, en el propio cementerio Powązki estaban enterradas ochentaitrés mejores madres, sesentaiséis hijos predilectos, veintiocho esposos más fieles, cuarenta guerreros más valientes. El barbero podía ser el hombre de la tijera divina, de la navaja celestial. O mejor, de la navaja justiciera. De voz en voz surgiría la leyenda del polaco que degolló a innumerables enemigos mientras los afeitaba.

Pensó esto mientras se alejaba del monumento. Quizás clavaría la pata en la tumba del manco. Aprovecharía el remate en forma de cuenco para sembrar ahí unas flores.

Detuvo un ciclotaxi y le pidió viaje al cementerio.

Dos calles adelante, el ciclista soltó la pregunta. ¿Qué es eso? Parece una prótesis de la era de los Piast.

El ciclista tenía razón. La pata de palo no pertenecía a esta época. ¿Y un barbero que extirpara verrugas? ¿Que anduviera con sus cosas a caballo? Ese hombre venía del pasado.

Mejor lléveme al crucero de Gęsia y Smocza, pidió Ludwik.

Una vez ahí, se sentó a esperar sobre un fragmento de pared. Dejó la pata en un claro para que fuese visible. Nunca supo gran cosa sobre el barbero. Si tuvo mujer en su vida, ella vendría a esa esquina a buscarlo. Una mujer de tiempo atrás,

con un busto descomunal y mirada altiva. ¿Buscas a tu hombre?
No va a volver. Yo me haré cargo de ti.

Ella se dejaría llevar de la mano del sepulturero.

Él sabe que todas acaban por hacerlo.

La muerte de la novela, dijo el novelista. Tarde o temprano había de aceptarse.

Él iba delante del cortejo. Kazimierz y Feliks llevaban el féretro. Por detrás, el cura lanzaba agua bendita. Grande ira de Jehová es la que ha sido encendida contra editores, por cuanto no imprimieron las palabras de esta novela.

Al fondo, los esperaba Ludwik junto a un foso recién escarbado y una lápida. Novela sin título. Descanse en paz. Algo le falta al mundo por no haberla leído.

El féretro era el cajón de la máquina Enigma. Dentro iban trescientas veintiocho páginas atadas con un listón verde, numeradas a mano. La primera tenía escrito el inicio sobre el correr del Vístula; la ochentaidós, simplemente indicaba el capítulo cuatro; y la última decía fin. No eran albas como el vestido de una niña muerta porque el novelista apenas consiguió un papel amarillento venido de alguna fábrica soviética.

Al igual que con los muertos de carne y hueso, los asistentes prodigaron frases de encomio.

Excelente el ritmo.

Insuperable la tensión dramática.

Muy emocionante.

Pura poesía.

Siempre respetó la gramática.

Depositaron el féretro junto al foso. Eugeniusz hizo la señal de la cruz.

El señor, que pudo darnos un manual del buen adorador en el que no cupiera duda sobre la verdad, eligió dictar a los profetas su palabra en forma de novela. De aventuras, erótica, y sí, hijos míos, con uno que otro crimen pasional. Dios es novelista. Por eso les digo que hay más gozo en el cielo por una obra maestra inédita, que por noventainueve bazofias que se publican. Anda, novela ignota, asciende al paraíso y conviértete, no en un éxito de ventas, puesto que allá nada se compra ni se vende, sino en la consentida de la crítica. Goza de la bendición de las almas lectoras. Sé traducida a cuantas lenguas se hablen allá arriba, incluyendo las muertas. Sé impresa con prólogo de San Juan e ilustraciones de Orbaneja. Sé leída por ese escaso y selecto público que supo entrar por el ojo de la aguja.

Entonces mejor que se vaya al infierno, dijo Kazimierz. Hay más lectores.

Allá el papel se quema.

Que la publiquen en tablas de arcilla.

El novelista llevaba un costal. De él sacó varios libros y los emplazó en torno al foso.

Ahí estaban muy adustos Pan Tadeusz y Lord Jim. Eugenia Grandet cuchicheaba con madame Bovary. El tío Vania se metía las manos al bolsillo, un tanto indiferente. Las muchachas de Wilko lloraban a sus anchas. Anna Karenina se acercaba al foso con ganas de echarse en él. Y allá arrinconados, malencarados, como si los hubiesen llevado a la fuerza, refunfuñaban los hermanos Karamazov.

Feliks miró con curiosidad a las muchachas de Wilko. Le parecía haberlas visto en otra ocasión.

El féretro descendió al foso. Le cayeron paladas de tierra. El destino del papel sería el mismo que el de un cadáver.

Abrazaron al novelista.

Ya eres viudo, Kazimierz le habló al oído. No tienes que serle fiel a la difunta.

Era verdad. De la resma de quinientas páginas que compró, había dejado ciento setentaidós en casa. Más que suficiente para tener una aventura con la primera frase que le viniera a la cabeza.

Adiós, amada mía. Fue un placer crearte y olvidarte.

Salieron todos del cementerio, menos Ludwik.

El novelista se quedó en la parada del tranvía. Se despidió de sus amigos y se sentó a esperar.

A pensar.

Hace tanto que por aquí no pasa el tranvía ocho. Recordó a uno de los conductores. Un muchacho de poco cerebro. Conducía el vehículo con más orgullo que un capitán de corbeta.

¿Qué habrá sido de él?, se preguntó el novelista, y él mismo se respondió.

Aquella mañana de 1944, Sławomir encontró su tranvía atravesado en la calle a modo de barricada.

¿Por qué no?, se dijo el novelista. Se palpó los bolsillos. Confirmó que no tenía pluma y se echó a correr a casa. Tenía que llegar antes de que el maldito Sławomir huyera de su mente.

Muy pronto hubo de cambiar su carrera por una zancada rápida; luego, por una caminata esforzada.

Al pasar frente a la plaza Muranowski, tuvo claro que Sławomir recorría fielmente a pie la ruta del tranvía ocho ida y vuelta por entre el escombro y los rieles retorcidos, y se detenía unos segundos ahí donde estuvieron las paradas.

Al acercarse a la orilla del Vístula, el novelista supo que Sławomir sí tenía pasajeros: almas que se dedicaban a recorrer su antigua ciudad en el tranvía de los muertos.

Anda, novelista, vuelve pronto a casa, donde te esperan esas ciento y tantas páginas para que el mundo conozca y nunca olvide la historia del vagón de la ruta ocho y su conductor, desde la terminal del malogrado presidente Narutowicz hasta el cementerio civil y el militar. No dejes que una mujer te distraiga con caricias ni un hombre con botellas, porque ahora en el capítulo cuatro no hay un crimen pasional sino un tranvía inmóvil en la esquina de Karmelicka y Leszno. El camino está bloqueado por centenares de cadáveres barbados, de negro, que han perdido el sombrero.

Los golpes sonaron en la puerta, impacientes como los de un rentero. Feliks se envolvió en la sábana y fue a abrir. En el momento en que corrió el cerrojo, se maldijo. ¿Qué sería de él si lo arrestaban ensabanado, sin siquiera ropa interior ni zapatos?

Se tranquilizó cuando notó que el muchacho al otro lado de la puerta no tenía aspecto oficial. Además era de día. A esa hora no se llevaban a los ciudadanos sin culpa.

¿Está tu papá?

Feliks torció los ojos. Suponía que la estancia en prisión le había evaporado su aspecto infantil. Este es un hogar católico, dijo para deshacerse del visitante y cerró la puerta.

Los golpes volvieron con tanta insistencia que hubo de abrir de nuevo.

¿Feliks Agnieszk Malinowski?, preguntó el muchacho.

A Feliks no le agradaba escuchar su nombre completo. Nunca le gustó llamarse Agnieszk. Una idea torpe de su padre. Los tres nombres juntos implicaban un asunto venido de la autoridad.

El domingo desfilamos, dijo el muchacho. A las nueve, frente a la iglesia de San Miguel Arcángel. Lleve cinco personas y repórtese con el jefe de distrito.

Feliks volvió a la recámara. Su paso ya no era apurado ni nervioso. Con la sábana se sintió un césar recorriendo su palacio. En su nueva habitación no sabía distinguir horarios con la luz que entraba por la ventana. Pensándolo bien, sí le exigiría a Kazimierz que le regresara el reloj. Llegaría el momento de tomar un empleo. Entonces la posición de las manecillas tendría un significado. Por lo pronto, bastaba con saber ubicar la llega-

da de las nueve de la mañana del domingo. Se paró ante al
jergón en el suelo, donde roncaba con suavidad la mujer. Feliks
le dio una patada en el muslo. Despierta, esclava, te lo manda
Cayo Julio César Augusto Polonus Tercero. Despierta, te digo,
y prepárame un café o lanzaré sobre ti una plaga de roedores.

Para Feliks había sido una ocurrencia por la sábana en-
vuelta. Para ella fue la señal de un juego de dominio y sumisión
al que estaba acostumbrada. Le arrancó la toga de un tirón.

Eres un indefenso cristiano.

Lo tumbó en el suelo y se le echó encima. Feliks gritó
con auténtico temor. Luego sus gritos se debieron a las mordi-
das y arañazos que le prodigaba esa bestia salida de alguna ve-
tusta mitología. Los forcejeos duraron unos minutos, hasta que
ambos se dieron por vencidos.

Salve, César, dijo ella.

Ave, María, dijo él.

Caía la nevada más intensa del año. Los cuatro recorrieron el cementerio Powązki hasta el fondo. Ahí levantaron una escalera. El primero en subir fue Feliks.

No se ve nada, dijo luego de asomarse al otro lado. Sin embargo sus ojos percibían la nieve, siempre visible, así fuera la más oscura de las noches. La que caía justo frente a sus narices. La que yacía allá abajo, entre las lápidas.

Se sentó en el filo del muro a esperar al siguiente.

Kazimierz subió con un costal en la mano. Lo echó al otro lado tan pronto alcanzó la cima.

A mi edad, si no muero por un enfriamiento, será por la caída desde esta altura. De inmediato se avergonzó de hablar. Sabía que el síntoma más claro de la vejez era mencionarla. Detestó a Feliks por provocarlo a decir esas cosas, con ese rostro blanco y liso que lucía más infantil de lo ordinario con su gorro de lana que le cubría las orejas y le magnificaba los cachetes con la correa apretada bajo la barbilla.

Ludwik trepó con un bolsón preñado de tintineantes botellas. ¿Qué les parece? ¿Verdad que mi cementerio es más bonito?

No veo nada, insistió Feliks.

Kazimierz encendió un cerillo. Lo lanzó al vacío. No hubo el efecto de bengala que había esperado.

Ludwik sacó del abrigo una linterna. Pasó la luz por sobre las lápidas cercanas.

Eugeniusz ascendió a duras penas. Las sotanas no estaban hechas para escalar peldaños ni muros.

No sé si sea correcto, dijo al llegar arriba. Los curas la pasamos calumniándolos en vida, y ahora que están muertos voy como si tal cosa a beberme unos tragos con ellos.

Alzaron la escalera y la asentaron al otro lado del muro. Descendieron.

El reino de Judea, dijo Feliks. Pensé que era un desierto.

Eugeniusz resbaló cuando estaba por pisar tierra firme. Se dio en el mentón contra uno de los peldaños.

Mal agüero, murmuró.

Cada quien tomó una botella para mitigar el frío. Quedaron otras tantas en el saco y también algo de longaniza. Caminaron por entre el bosque de tumbas y árboles detrás de la linterna de Ludwik. Muchas lápidas estaban ladeadas, caídas o unas encima de otras como cartas mal barajadas. Se empezaban a cubrir de nieve. Algunas formaban covachas. De ahí o de cualquier otro refugio involuntario fueron recolectando ramas secas.

A Eugeniusz le incomodó la falta de cruces. A Feliks le sedujeron los pegasos, venados, águilas y leones labrados en la piedra junto a algunas inscripciones legibles y otras que no entendía. Ludwik las alumbraba unos instantes con la linterna y apuntaba a otro sitio.

Kazimierz se puso los lentes. Avísenme si ven la tumba del doctor Aronson.

No pensaba encontrarla. Lo normal era suponer que los restos de Aronson no se habían vuelto polvo sino humo. Pensó en Kasia y Gosia. Estaban mejor en aquel sótano que entre todas esas almas bajo tierra.

A Feliks no le gustaba la linterna. La escena estaba hecha para portar antorchas, escuchar el aullido de lobos.

Había que sacudirse la nieve de los hombros, las solapas y el sombrero. Eugeniusz se jactaba de haberse puesto una mitra.

Es más efectiva que un techo de dos aguas, siempre que no sople el viento.

Ya entrado en su ánimo obispal, se puso a lanzar bendiciones sobre los muertos. Sacó de su mochila el agua bendita para rociarla y se dio cuenta de que se había congelado.

Había evidencia de explosiones, de destrucción. A fin de cuentas, el cementerio era otro gueto en el que también se había demolido la sinagoga y la morada de sus habitantes. El propio muro en torno al cementerio tenía tramos destruidos.

¿Por qué no entramos por ahí?, preguntó Eugeniusz.

¿Y dónde queda la aventura?, dijo Ludwik, ¿el sabor de lo prohibido? Pensó en la palabra profanar, pero no la pronunció.

Dieron con un monumento en pie. Una bóveda sostenida por seis columnas. Suficiente espacio bajo techo para cuatro personas y una fogata al centro.

El señor Moser y su familia sabrán agradecer el calor.

Los necesito esta mañana, dijo Feliks. Para desfilar.

A mí también me enviaron un citatorio, secundó Ludwik. Y ante las miradas de curiosidad, respondió la pregunta en el aire: No pertenezco al partido, pero les he hecho unos trabajitos.

Conmigo no cuentes, Kazimierz habló mientras mordía una lonja de tocino.

¿Un cura desfilando con los comunistas?, Eugeniusz tomó un trozo de hielo lo echó por el pico de la botella. Ah, vodka en las rocas benditas.

Podrías disfrazarte de civil.

Kazimierz se esmeró en que el fuego tomase consistencia. La nieve se derretía en las suelas de las botas. Alrededor, las lápidas se alumbraron; casi todas ilegibles. Ante la luz naranja, con la mitra, Eugeniusz era un papa renacentista que atestiguaba la quema de infieles.

Ah, hijos míos. El olor de la carne abrasada. Eso debe embriagar. O los gritos de las doncellas. Sacó de su mochila el aceite de extremaunción. Vertió un poco para alimentar las llamas.

Los cuatro bebieron en silencio. Echaban leña a la fogata cada vez que hiciera falta. El fuego los transportaba a un pasado originario en el que sólo había necesidad de comer, ayuntarse y contemplar los cielos.

Hemos de cazar un alce, Feliks se vio vestido con pieles. Un mamut.

Adorar al trueno, a la lluvia, al sol, Eugeniusz vertió más aceite en la lumbre. Sacó de su mochila una Biblia. Arrancó la primera página del Génesis y echó el resto a la hoguera. Kazimierz tiene razón. Basta el dios creador. Lo demás sale sobrando.

Las llamas cambiaron de tono e intensidad. Se mezcló el rojo con el azul. A la hoguera se fueron macabeos, amonitas, madianitas, samaritanos, santos y pecadores, muchas otras tribus, junto con toda la descendencia de Abraham. La palabra de dios, después de miles de años, volvía a ordenar que se hiciese la luz.

Y la luz era buena, se apartaba de las tinieblas.

Era la noche de la primera noche.

Feliks se puso de pie. Se llevó la mano al pecho.

Los otros tres se incorporaron. La bóveda de esa tumba era el firmamento.

Nosotros aquí, Ludwik hablaba mirando el resplandor del fuego. Sobre los muertos.

Inmortales, dijo Feliks.

El momento requería que descendiera una paloma.

Kazimierz abrió su costal. Sacó el óvalo de carbón. Lo depositó maternalmente sobre la lumbre.

Canta, Sirota, canta.

El negro mineral echó humo, se volvió gris en los costados.

Anda, Sirota, que Jehová tome prestada tu voz para cantar.

La lumbre estuvo a punto de extinguirse. Los cuatro soplaron por cada punto cardinal para avivarla.

El carbón, como si nada.

Sirota no se había salvado de los regaños de algunos rabinos por haber grabado sus cantos para una empresa discográfica. ¿Ahora cómo vas a evitar que te escuchen en casas de gentiles o en algún burdel? Él no respondió. Se guardó la verdad de que la voz, el arpa dé David, los versos de Salomón también se habían escuchado en medio de pecados de la carne. Lo echaron de la gran sinagoga de Tłomaskie y tuvo que cantar en la de Nożyk.

El carbón palpitó.

Un mensajero de la empresa de máquinas parlantes Victor recorre las calles de Varsovia con un sobre. Las regalías de Gerszon Sirota.

El cantor ya no está con nosotros, le explica alguien.

¿Un pariente? ¿Su mujer, sus hijos?

Todos se marcharon con él.

Si alguien lo ve, avísele que sus discos son un éxito.

Por eso aquel día de 1943, mientras las llamas lo devoraban y los nazis creían enmudecerlo, Sirota cantaba en los gramófonos de miles de casas, de judíos y gentiles. También en uno que otro burdel.

El cantor de Varsovia giraba a setentaiocho revoluciones por minuto. Era un astro que eclipsaba todas las estrellas de Copérnico.

Hoy las llamas cercaban de nuevo a Sirota.

Hoy Sirota se hallaba ante el más ansioso de sus públicos, más aún que aquellos que llenaron el Carnegie Hall en 1912 o el hipódromo de Służewiec en 1934. Más incluso que aquella admiradora que le regaló el reloj.

Canta, Sirota.

Échenle un trago, dijo Ludwik, para aclarar la garganta.

Eugeniusz asperjó alcohol del noventaicinco.

El carbón siseó.

Luego vino un gemido dulce.

Luego un himno poderoso.

Alabanzas, esperanzas, oh, Jehová, libérame, escúchame, ten misericordia. Recibe con amor y buenos ojos las ofrendas y los ruegos de Israel.

Sirota continuó el canto interrumpido aquel día en Wołyńska 6.

Clamo en mi oración y levanto el grito, a causa de la voz del enemigo; porque echaron sobre mí iniquidad, y con furor me han amenazado.

Sirota jugaba con las notas, la coloratura. Lo que parecía llanto se volvía una celebración y de pronto era de nuevo lacrimoso.

Bravo, Sirota.

Cantor de los cantores.

Poco a poco se fue alzando un coro de judíos muertos.

Oh, Jehová, cuánto se han multiplicado mis enemigos. Muchos se levantaron contra mí.

Voces cándidas. Mujeres, niños, ancianos. Cantaban amordazados, al borde de la asfixia. Débiles de hambre. A punto de congelarse. En llamas también. Pronto sus voces se apagaron ante la de Sirota.

Cercáronme dolores de muerte, y torrentes de perversidad me atemorizaron.

De todos mis enemigos he sido objeto de oprobio.

El horror se apoderó de mí.

Pasmose mi corazón.

El bloque de carbón se partió en dos. Dejó escapar un enjambre de chispas.

Sirota se silenció.

Se fue para siempre.

Cada mitad tenía un color naranja que invitaba a tocarlo. Feliks alargó la mano. Amigo Sirota. Ojalá pudiera abrazarte.

Verdad que el alma es invisible, dijo Kazimierz. Los ojos jamás podrán captarla.

Pero sí los oídos.

Ludwik y Feliks hicieron fila ante una mesa donde algunos hombres pasaban lista. Se tambaleaban un poco. Les había parecido una osadía llegar al sitio del desfile. Con lo fácil que era errar un crucero, confundir el norte con el sureste, las nueve de la mañana con las tres de la tarde.

¿Qué tiempos son estos?, Ludwik se dirigió a unos jóvenes formados detrás de él. En mi época los domingos eran para amar a las mujeres.

Aunque el sol brillaba por entre las nubes, se sentía la mañana más fría del año. La nieve de la noche anterior se iba volviendo hielo.

Antes de dirigirse al distrito de Praga, habían pasado por una cripta en Powązki, donde Ludwik tenía su gabinete. Ahí recogieron la bitácora y el sombrero de copa.

Llegaron frente a la mesa. Feliks dio su nombre y el encargado revisó las listas hasta dar con él. Aquí dice que debe traer a cinco personas. ¿Dónde están?

Usted sabrá disculpar. Feliks se tapaba la boca para disimular el aliento. Con este clima la gente prefiere quedarse en casa.

Yo me limitaré a informar, dijo el hombre. No sé si haya alguna represalia. Incluiré una nota sobre su sombrero.

No haga caso, intervino Ludwik. Mi amigo es un poco modesto. No trajimos cinco ni diez personas, sino muchas más de las que su partido puede reunir cualquier bello fin de semana.

Ludwik dejó caer su bitácora de muertos sobre la mesa. Tenemos para elegir. Hombres, mujeres, niños y ancianos. Desde Wincenty Bartłomiej Skrzetuski, un cura y profesor de retórica, que fue el primero en arribar a Powązki en 1791, hasta el señor Antoni Talikowski, llegado apenas ayer, si bien con estos aires no se puede decir que aún esté tibio. También algunos que podemos considerar como la legión extranjera, encabezada por el buen Jonas Ambrosius, de Lituania. Traemos miles, señor, hasta cientos de miles para que este sea el más grande de los desfiles jamás acontecidos en nuestra capital. Son ciento cincuentaitantos años de muertos metidos en el espacio de un huerto. Pero tenga usted cuidado, porque puede que elijan marchar con rumbo distinto, pues aquí hay gente que pasó por el Levantamiento de Noviembre, por el de Enero y por la más reciente insurrección; y si estos varsovianos estuviesen vivos, le habrían escupido a usted igual que yo quiero hacerlo. Si en esta ciudad hubiese más vivos que muertos, usted y sus jefes se esconderían debajo de las piedras…

Feliks le dio un codazo. Todavía no se me pasa la borrachera y ya me asusté.

Ludwik tomó la bitácora. Disculpe usted, dijo al funcionario.

Ambos se metieron entre el gentío que ensayaba consignas. Bordearon las ruinas de la iglesia de San Miguel Arcángel. Buscaron una calle tranquila.

¿Crees que me fui de la lengua?

Lo verás cuando estemos sobrios.

Ludwik desplegó el mamotreto en cualquier página. Colocó el índice donde le vino en gana. Zygmunt Lenartowicz. 1861-1932. Nada excepcional. Un infarto fulminante. Dejó mujer, cuatro hijos crecidos y algunos nietos. Era contador público.

Qué hombre tan dichoso, dijo Feliks.

A la distancia, contemplaron la masa de seres humanos que se movía pesadamente. Su cantilena era un murmullo, indistinguible del rumor de una fábrica. Pisoteaban las miles y miles de almas que intentaban marchar en sentido contrario.

Kazimierz escuchó gritar a la mujer del piso de abajo. Protestaba. Exigía sus derechos. Pedía clemencia. Respondía una voz grave de hombre. La protesta se atenuó. Después retumbaron pasos por la escalera. Unos nudillos golpearon la puerta.

¿Qué hago?, susurró Kazimierz.

Marianka habló apenas con el aliento. Tienes que abrir.

Minutos antes, se había estacionado frente al edificio un vehículo cargado con campesinos.

Fue Marianka la que quitó el cerrojo.

¿Cuántas personas viven aquí? El hombre entró sin pedir permiso.

A Kazimierz se le desmoronaron todas las escenas de valentía y dignidad que había elaborado en su imaginación desde el día en que colonizó ese departamento del tercer piso.

Dos, contestó con voz apagada.

El intruso recorrió el pasillo, echó un vistazo a las habitaciones. Aquí debe haber al menos sesenta metros. Fue a la ventana. Señor Dudek, llamó a alguien que estaba dos pisos allá abajo, haga el favor de subir. Luego se dirigió a Kazimierz. ¿Es usted el propietario? ¿Tiene papeles? No hubo respuesta porque el visitante cambió de tema. ¿Qué diablos es eso? Señaló la mano del muerto sumergida en alcohol.

Marianka se apresuró a mostrar su cédula del hospital. Inventó un cuento respecto a cierto estudio científico sobre conservación de tejidos.

Pasarán los años y los siglos, dijo, y esa mano seguirá dejando huellas lo mismo en un arma homicida que en una mujer.

El señor Dudek apareció con sombrero en mano. Detrás de él venían dos muchachos de unos veinticinco años. Los tres eran altos, corpulentos y tenían las botas enlodadas.

Adelante, los apremió el hombre. Ustedes ocuparán la habitación grande. Si no caben, puede acomodarse uno en el pasillo. Ya se las arreglarán con el baño y la cocina.

Mencionó algo sobre registros, procedimientos y leyes de la propiedad. Cuando les instalaran la electricidad y el agua, habrían de correr por mitades con los gastos.

Ni Kazimierz ni los Dudek prestaron atención. Estaban ocupados en estudiarse los rostros, las miradas.

Vivan como una familia, dijo el hombre antes de subir al piso de arriba en busca de más espacio habitable.

Ninguno habló. No existían fórmulas de cortesía para tales momentos.

Marianka tomó el bote de la mano y fue con Kazimierz a la habitación que les correspondía. Estaba helada. La habían clausurado desde que llegó el frío y ahora tardaría una semana en calentarse.

Hay que traer pronto nuestras cosas, o estos rapaces se van a apropiar de todo.

Kazimierz quitó los tablones de la ventana para que entrara aire. Así fuese aire bajo cero. La calle y el cielo sin nubes ofrecían esa amplitud que ya no tenía el departamento. Si no se hubiera llevado a Kasia y Gosia, si no hubiese borrado a sus padres, le habría dicho al hombre que en ese piso vivían seis personas.

Se acodaron en el marco de la ventana. Entre los dos fueron agotando un último cigarrillo.

Siempre pensé que serían judíos.

Hubiera sido mejor. Ella suspiró y el humo se confundió con el vapor. Tanta muerte y resulta que falta espacio para vivir.

Los nazis se ensañaron más contra los edificios que contra la población. Kazimierz botó la colilla.

En el piso de arriba protestaba una mujer.

Feliks regresó a Siedlecka 45 al anochecer. Entró al edificio y, en vez de tomar las escaleras, se siguió de largo hacia el patio. Ahí se acuclilló en un rincón, un tanto oculto tras unas láminas. La noche sería larga en espera del auto negro.

El frío y el hambre le calaban tan hondo que a ratos pensaba en las comodidades que tuvo en aquella celda de Mokotów. Podía ver la ventana de su departamento. Una luz de vela se intensificaba y se atenuaba, señal de que la mujer iba y venía por el piso con nerviosismo, llena de impaciencia. Feliks no se explicaba por qué no dejaba la vela sobre la mesa. Deambular con ella haría que se consumiera más pronto.

Al fin la mujer se paró tras el cristal. Los tonos dorados la hacían parecer una diosa venida de oriente. Sus ojos, como los de toda mujer triste que se asoma por una ventana, no miraban el patio, la calle, las montañas, el bosque, las aves, lo que tuviera por delante.

Miraban el pasado.

Feliks dudaba si hacerle una seña. Aquí estoy. No te preocupes por mí.

Ella bajaría con una cobija. Un caldo caliente de zanahoria que se habría enfriado antes de probarlo.

Bajaría con un abrazo interminable.

Un auto lento pasó sin detenerse. La calle terminaba pocos metros adelante. El auto se echó en reversa.

Feliks ondeó la mano. La mujer no lo advirtió. Quizás el cristal sólo le daba su propio reflejo.

Cuéntame un cuento, susurró él.

Por sobre el techo del edificio se asomó la luna. Un amanecer nocturno, pensó Feliks. La hora en que despiertan los hombres.

Salió de su escondrijo y se echó a caminar.
Que sea lo que el diablo quiera.

Marianka no pegaba el ojo. Se abrazó al cuerpo dormido de Kazimierz. El piso del pasillo crujía con los pasos pesados del señor Dudek. Despierta, miserable, ese monstruo va a venir por mí. Kazimierz cambió de posición y comenzó a roncar. El señor Dudek bufaba. Marianka se sintió en aquellos tiempos en que los hombres salían a cazar y ella era responsable de preservar la especie.

Tentó en la oscuridad hasta dar con el frasco. Sacó la mano del muerto. Se acarició los cabellos con ella.

Tranquila, mi amada Marianka. Yo siempre estaré contigo.

Feliks volvió a casa cuando por fin salió el sol. La encontró vacía. Por ningún lado vio el caldo frío o caliente de zanahoria. Aunque tenía hambre, le abrumaba el cansancio por sobre todas las cosas.

Se echó sobre el jergón. En la recámara había un residuo de vela. A punto de la inconsciencia pensó que había sido muy ingenuo. Nadie lo iba a buscar durante algunas noches. No había en Varsovia suficientes autos negros para dar servicio inmediato. La lista de espera debía de ser larga.

Soñó con torturas.

Luego con caricias.

La mujer le lamía el rostro igual que un perro.

Al mediodía lo despertó la puerta al abrirse de golpe.

Feliks mantuvo los ojos cerrados. Se dijo que si deseaba con suficiente intensidad que el recién llegado fuese la mujer, entonces el recién llegado sería la mujer.

Ella traería en sus manos un pan recién hecho. Le perdonaría sin reclamos su ausencia.

Y él estaría libre de todo mal.

Por los días y las noches.

Amén.

El novelista había metido algo de comida en su departamento. También una buena ración de alcohol. Quería padecer una fiebre de escritura como años atrás, cuando el calendario le escatimaba los días previos a la guerra. Ahora ocurría algo parecido. Su tiempo estaba contado. Cualquier mala fecha acabaría por establecerse un gobierno que le impediría imprimir las palabras justas que brotaban de su alma. Muy pronto las verdades sobre la condición humana no las pronunciaría la novela sino un bando firmado por algún esbirro. El hombre ya no estaría en esta tierra para sentir, sino para trabajar. Esta vez su obra maestra no moriría en un bombardeo sino ejecutada por un censor.

El novelista tenía papel, pluma y unas velas. Si todo salía a pedir de boca, también tendría ideas. Sabría perfectamente qué hacer con ese tal Sławomir que conducía el tranvía número ocho. Conocería a sus amigos, amores y enemigos. El nombre y oficio de esos pasajeros. Los que viajaban en el vagón delantero y los que sólo podían abordar el de atrás.

Hoy sería un lujo, se dijo, pues el vagón *nur für Juden* transitaría vacío en la mayor parte de sus rondas.

Tomó una hoja y escribió el título: *El tranvía de los muertos*. Tenía ciento setentaidós páginas en blanco, así que sería una novela más breve que la que perdió. También podía escribir en ambas caras o visitar alguna papelería. Se persignó antes de acometer la primera frase.

Si uno sigue el recorrido del tranvía ocho, desde su terminal en la plaza Narutowicz hasta donde lo lleve un billete de veinte grosz, habrá de encontrarse con una ciudad extinta y endemoniada que lleva el nombre de Varsovia.

No estaba mal como inicio de novela, aunque le pareció ya haber leído algo semejante en otro lado. Le alegraba haberse deshecho de la máquina de escribir. Ahora, con una pluma en la mano, todo lo que escribiera sería suyo, original y, en una de esas, bello.

Por primera vez, Kazimierz encontró en el buzón un sobre dirigido a él. Su nombre estaba completo. Kazimierz Maksymilian Sierpiński. No recordaba a quién se lo había dado. No al hombre que trajo a los campesinos. Tampoco se lo había dado a nadie en el liceo. De seguro la misma Marianka no lo conocía. Le molestó esa falta de intimidad. ¿Qué más sabían de él?

Se puso los lentes y abrió el sobre. Había sellos oficiales. Firmas. Membretes. Estimado señor... La tinta era un poco borrosa. Costaba trabajo descifrarla con los lentes del doctor Aronson. Lo citaban en algún lado. Se mencionaba algo sobre impuestos, propiedad y pagos. Podía buscar la distancia justa para leer la carta sin tropiezos, pero eligió no hacerlo. Amaba sus ojos y esos lentes de baquelita que le impedían enterarse de los mandatos del gobierno. Quién sabe qué le querían decir. Quién sabe qué libertad le querían limitar. Vaya uno a saber qué dineros le pretendían cobrar. Hizo bola la carta y la tiró.

Besó los lentes.

Bendito seas, doctor Aronson.

Alguna campana de alguna iglesia de Varsovia señaló la medianoche. Había apagón en la ciudad.

Los cuatro pensaban volver al sitio donde el domingo inició el desfile, gritar consignas contra ese gobierno que encerraba a sus ciudadanos hasta desposeerlos de casa y tienda y radio y familia, que enterraba muertos anónimos a un metro de profundidad, que metía campesinos en la habitación grande, que no creía ni en la creación ni en la evolución. Marcharían por las calles del distrito de Praga, luego vendrían al demolido centro para hacerse escuchar por los que ya no eran. El ser y la nada estarían con ellos. Iban con sacos cargados de botellas para dar y repartir. Beban, amigos todos, un trago, cien tragos.

La autoridad hace campañas contra el alcohol porque es fácil domesticar a un pueblo sobrio, Ludwik arengó a sus compañeros. ¿Pero qué harían contra un ejército de borrachos? Centenares de miles de hombres y mujeres que llamen a las cosas por su nombre y no sepan medir la consecuencia de sus actos.

Por primera vez los cuatro conocieron la razón por la que se habían salvado de ser ejecutados.

Ludwik llevaba su bitácora de muertos. Quienes ya habían dado su vida no dudarían en ofrecerla de nuevo por algún alto ideal. También llevaba la pata del barbero. La reliquia de un mártir nunca sobraba en las ocasiones históricas.

Kazimierz quiso cargar con la mano del muerto, pero no hubo modo de que Marianka se desprendiera de ella.

Amigos míos, anunció Feliks, en casa dejé una virgen santa. La patrona de Polonia.

Eugeniusz se santiguó. Roguemos por ella.

Eran insurrectos, cruzados, bárbaros, conquistadores a la vez.

A esa hora, el puente de madera estaba vacío. Ni siquiera se divisaba un gendarme que vigilara el paso de la gente entre las dos márgenes del Vístula. El flujo del agua hacía crujir la madera. La estructura se movía como una culebra perezosa.

Se detuvieron a medio camino. Miraron un rato el correr de las aguas mientras daban algunos tragos de vodka.

Nunca he visto el mar, dijo Feliks.

Ludwik se recostó boca abajo. Estiró el brazo para tocar el agua.

Podemos intentarlo. Kazimierz señaló una barcaza atada al parapeto. Tarde o temprano llegaremos al Báltico.

¿Está permitido?

Lo estaba en el 39, así que me da lo mismo si hoy existe otra ley.

Abordaron la nave y soltaron las amarras. Aunque ninguno lo mencionó, el momento en que comenzaron a avanzar con la corriente les pareció el más emocionante de sus vidas. Navegar, y no volar, era el gran sueño del hombre.

Feliks se apretó el sombrero. De pie en la popa señaló un incierto norte. Avante, compañeros, que la estrella polar nos dicte el derrotero.

No tenían remos ni timón, así que habían de confiar en la ventura.

Guardaron silencio. Bebieron. Miraron el cielo ondulante en las aguas hasta que chocaron con una columna del derruido puente Kierbedzia. Uno de ellos soltó un puntapié al armazón para ponerse de nuevo en marcha.

El viento soplaba. El frío punzaba. Quién sabe cuántos grados debajo de cero tenían, pero el agua no era hielo más allá de los bordes.

En otro tiempo hubiesen dejado el resplandor de la ciudad. Hoy se alejaban de una Varsovia tan oscura como en las noches de amenaza de bombardeo. Ni siquiera en la ventana del piso del novelista se distinguía la veladora del artista insomne.

Ya no se acordaban del desfile, de la rebelión de los borrachos. ¿Contra qué iban a luchar, si la vida nunca había sido tan apacible y hermosa? Sobre esa barcaza, aun sin música, se bailaba un delicioso vals.

Ludwik tomó su bitácora de muertos. Arrancó las cubiertas y el pegamento del lomo. Cortó cuatro fajos para que entre todos acabaran de separar las páginas. Entonces dio la orden de arrojarlas tan alto como pudieran.

A nivel del río los vientos se cruzaban. Junto con el cambio de temperatura y humedad se formaban torbellinos que subían y bajaban. Los cientos de miles de muertos de papel de Powązki se revolvían en el aire. Algunos descendían pronto. Otros aleteaban más allá de la oscuridad. Se adelantaban y retrocedían. Ninguno alcanzaba la orilla.

Gritaban.

Gemían.

Buscaban en ese revoltijo a la mujer adorada, al hombre que ya no regresó.

A la carne que un día fue mía, tuya, nuestra.

Todos terminaban por caer al agua, salvo unos contados que volvieron a la barca. Por favor, no nos hagan eso.

Pero cualquier mano implacable los arrojaba de nuevo fuera de borda.

El padre Eugeniusz asperjó sus óleos sagrados con la esperanza de alcanzar a cada uno de los fieles difuntos, lo mismo esas hojas colmadas de nombres, apellidos, fechas, algún verso, que el grueso de planas que a secas decían desconocido, desconocido, desconocido… Luego abrió su Biblia en cualquier página. Encendió un cerillo y leyó bajo la tibia luz con voz majestuosa, esmerándose en traducir el latín: Del mismo modo, los ángulos de inclinación de los otros dos planetas, Júpiter y Saturno, se determinan junto con sus latitudes. Por lo tanto, la mayor inclinación de Júpiter…

Cerró el libro y miró la portada.

Mi querido Eugeniusz, dijo Kazimierz, eso me recuerda que mañana debo buscar el puesto de astrónomo o el de conserje.

Ludwik le dio una palmada. Parece que no has entendido.

Hubo un momento silencioso, solemne, en espera de que alguien diera la explicación.

No habrá más liceos, Feliks se paró en la proa. Ni escuelas ni letrinas. Los astros seguirán girando como siempre, pero nosotros no tendremos otra dirección que la del río.

Y el agua nunca retrocede.

Ludwik depositó la pata de palo en el centro de la barca. Llenó el cuenco con alcohol y le prendió fuego. Los cuatro se acercaron hasta casi quemarse. La madera de la pata del barbero se iba consumiendo poco a poco.

En el principio fue el fuego, dijo Eugeniusz. El fuego eterno.

Se abrazaron. Se besaron en la frente, en las mejillas.

Uno de ellos, quién sabe quién, se puso a llorar.

De aquellos que bajaron a punta de pistola de los tranvías, quedaban cuatro.

Entre millones y millones de cadáveres, quedaban ellos cuatro.

Habían sobrevivido a una ejecución, a bombardeos. Guerra, epidemias y prisión. A la viruela. Al correr de los tranvías. A las espinas de pescado. A las balas perdidas. Al paso de los años. A la mano de dios y los caprichos del diablo. A los maridos celosos. A las amantes burladas. A las aguas del Vístula. Al alcohol adulterado. A las corrientes eléctricas. A la pulmonía. A las tentaciones del suicidio. A que los confundieran con judíos. Al tétanos y la meningitis. A la próstata y los asesinos. Habían sobrevivido a la ciudad capital de la muerte.

Feliks se puso de pie. Alzó la botella para brindar.

Jamás voy a morir, dijo.

Los otros tres se incorporaron y chocaron las botellas.

Yo tampoco, pronunció cada uno de ellos, y se echaron a beber, seguros de que, si caían en ese río helado, se sacudirían el agua como si fuese polvo.

Cada quien se puso a cantar algo distinto y discordante. La suma resultó un extraño himno a la gloria de pasar por este mundo.

Allá atrás iba quedando el fantasma de Varsovia. Sus edificios esqueleto. Sus calles muerte. Su historia ceniza.

A un lado y a otro flotaban los muertos de Powązki. Ciento cincuentaicinco años de muerte y llanto y resignación. De eterno silencio.

En el centro de las aguas, cuatro hombres bebían. Celebraban.

Y a menos que alguien demostrara lo contrario, esa noche, navegando hacia los siete mares, Feliks, Ludwik, Kazimierz y san Eugenio de Varsovia eran inmortales.

Y lo serían para siempre.

Alfaguara es un sello editorial del Grupo Santillana

www.alfaguara.com.mx

Argentina
www.alfaguara.com/ar
Av. Leandro N. Alem, 720
C 1001 AAP Buenos Aires
Tel. (54 11) 41 19 50 00
Fax (54 11) 41 19 50 21

Bolivia
www.alfaguara.com/bo
Calacoto, calle 13 nº 8078
La Paz
Tel. (591 2) 279 22 78
Fax (591 2) 277 10 56

Chile
www.alfaguara.com/cl
Dr. Aníbal Ariztía, 1444
Providencia
Santiago de Chile
Tel. (56 2) 384 30 00
Fax (56 2) 384 30 60

Colombia
www.alfaguara.com/co
Calle 80, nº 9 - 69
Bogotá
Tel. y fax (57 1) 639 60 00

Costa Rica
www.alfaguara.com/cas
La Uruca
Del Edificio de Aviación Civil 200 metros
   Oeste
San José de Costa Rica
Tel. (506) 22 20 42 42 y 25 20 05 05
Fax (506) 22 20 13 20

Ecuador
www.alfaguara.com/ec
Avda. Eloy Alfaro, N 33-347 y Avda. 6 de
   Diciembre
Quito
Tel. (593 2) 244 66 56
Fax (593 2) 244 87 91

El Salvador
www.alfaguara.com/can
Siemens, 51
Zona Industrial Santa Elena
Antiguo Cuscatlán - La Libertad
Tel. (503) 2 505 89 y 2 289 89 20
Fax (503) 2 278 60 66

España
www.alfaguara.com/es
Torrelaguna, 60
28043 Madrid
Tel. (34 91) 744 90 60
Fax (34 91) 744 92 24

Estados Unidos
www.alfaguara.com/us
2023 N.W. 84th Avenue
Miami, FL 33122
Tel. (1 305) 591 95 22 y 591 22 32
Fax (1 305) 591 91 45

Guatemala
www.alfaguara.com/can
7ª Avda. 11-11
Zona nº 9
Guatemala CA
Tel. (502) 24 29 43 00
Fax (502) 24 29 43 03

Honduras
www.alfaguara.com/can
Colonia Tepeyac Contigua a Banco
   Cuscatlán
Frente Iglesia Adventista del Séptimo Día,
   Casa 1626
Boulevard Juan Pablo Segundo
Tegucigalpa, M. D. C.
Tel. (504) 239 98 84

México
www.alfaguara.com/mx
Av. Río Mixcoac 274
Colonia Acacias
03240 México D.F.
Tel. (52 5) 554 20 75 30
Fax (52 5) 556 01 10 67

Panamá
www.alfaguara.com/cas
Vía Transísmica, Urb. Industrial Orillac,
Calle segunda, local 9
Ciudad de Panamá
Tel. (507) 261 29 95

Paraguay
www.alfaguara.com/py
Avda. Venezuela, 276,
entre Mariscal López y España
Asunción
Tel./fax (595 21) 213 294 y 214 983

Perú
www.alfaguara.com/pe
Avda. Primavera 2160
Santiago de Surco
Lima 33
Tel. (51 1) 313 40 00
Fax (51 1) 313 40 01

Puerto Rico
www.alfaguara.com/mx
Avda. Roosevelt, 1506
Guaynabo 00968
Tel. (1 787) 781 98 00
Fax (1 787) 783 12 62

República Dominicana
www.alfaguara.com/do
Juan Sánchez Ramírez, 9
Gazcue
Santo Domingo R.D.
Tel. (1809) 682 13 82
Fax (1809) 689 10 22

Uruguay
www.alfaguara.com/uy
Juan Manuel Blanes 1132
11200 Montevideo
Tel. (598 2) 410 73 42
Fax (598 2) 410 86 83

Venezuela
www.alfaguara.com/ve
Avda. Rómulo Gallegos
Edificio Zulia, 1º
Boleita Norte
Caracas
Tel. (58 212) 235 30 33
Fax (58 212) 239 10 51

Este libro terminó de imprimirse en Julio de 2012
en Editorial Penagos, S.A. de C.V., Lago Wetter
núm. 152, Col. Pensil, C.P. 11490, México, D.F.